負けず

小料理のどか屋 人情帖12

倉阪鬼一郎

時代小説

二見時代小説文庫

江戸は負けず――小料理のどか屋 人情帖12

目次

第一章　炒め飯とほうとう鍋

一

「やっと風はおさまったね」

檜《ひのき》の一枚板の席で、隠居の大橋季川《おおはしきせん》が言った。

「ほんと、風の音を聞くと火が怖くって」

おちよが眉根《まゆね》を寄せた。

「まあ、なんにせよ、火が止まってくれてよかったよ。焼け出された人はなんともご愁傷《しゅうしょう》さまだがね」

隠居の隣で、源兵衛《げんべえ》が言った。困っている店子《たなこ》からは家賃を取り立てない人情家主だ。

「音羽《おとわ》あたりから火が出たと聞きましたが」

厨《くりや》で手を動かしながら、時吉《ときさち》がだれにともなく言った。

ここは岩本町《いわもとちょう》――。

その一角にあるのどか屋は、町の衆のみならず遠くからも客が足を運ぶ人気の小料理屋だ。昼は腹にたまって身の養いにもなる膳、そのあとはとりどりの酒の肴《さかな》で楽しませてくれる。

「音羽から出た火が、巣鴨《すがも》のあたりで止まったんだよ」

「もうちょっと風が吹きつづけたら、このあたりも危なかったな」

座敷に陣取っている大工衆から声が返ってきた。

火事は江戸の華《はな》と言われる。剣呑《けんのん》な華もあったものだが、火事場では火消し衆が競うように消火につとめ、焼け跡では大工衆が復興の槌音《つちおと》を響かせるわけだから、まんざら華ではないわけでもなかった。

「前は二人だけだったけど、いまはこの子もいるので」

おかみのおちよが土間《どま》でお手玉をして遊んでいるわらべを指さした。

あるじの時吉とのあいだに生まれた一人息子の千吉《せんきち》は左足が生まれつき悪く、ずいぶんと案じられたものだが、歩みはぎこちないもののどうにか歩けるようになった。

お手玉をはじめとする手遊びが好きで、父のまねをして包丁などの道具もしきりに握りたがる。このところはめっきり言葉も増えてきた。

「千坊はおとっつぁんが背負って逃げてくれるさ」

「こいつらのほうが大変《てえへん》じゃねえか？」

「そうそう。言うことなんて聞かねえだろうし」

大工衆が座敷と階段をどたばたと行ったり来たりしている猫たちを指さした。

「たしかにねえ、三河町《みかわちょう》で焼け出されたときものどかとはぐれちゃったし」

おちよは茶白《ちゃしろ》の縞模様の入った猫を見た。

のどか屋の守り神ののどかだ。子のちのとみけ、それに孫のゆきとともに見世《みせ》の客たちに愛想をふりまいている。だいぶ貫禄は出てきたが、まだまだ気は若い看板猫だ。

そろいもそろって雌猫だから、どんどん子を産む。そのままだと見世がむやみに猫だらけになってしまうところだが、心配は無用だった。

（のどか屋の猫は福猫だ。一匹いるだけで福がついてくれる）

いつのまにかそんな評判が立ったものだから、ありがたいことに、江戸のほうぼうから子猫をもらいにやってきてくれる。おかげで、猫が取り持つ縁がいくつも生まれ、めぐりめぐってのどか屋はさらに繁盛するようになった。

「おまえら、倹飩箱《けんどんばこ》で運んでやるから、おとなしく入るんだぞ」

時吉は声をかけたが、猫たちは聞く耳を持たず、どったんばったん猫相撲のようなものを続けていた。

ほどなく、見世に香ばしい匂いが漂いはじめた。

「家を焼いちまう火は願い下げだが、こういう火はありがたいね」

隠居が目を細くした。

「まったくで。火はうまいものを焼くときに使ってもらいたいものですな」

源兵衛がしみじみと言った。

時吉が焼きにかかったのは、寒鰤《かんぶり》の照り焼きだった。脂《あぶら》の乗った寒鰤のうまさを引き出すには、真《ま》っ向《こう》勝負の照り焼きがいちばんだ。

おちよの父であり師匠でもある長吉《ちょうきち》から時吉が教わったのは、奇をてらわない素材を活かした料理だ。

料理というものは、あくまでも素材をいい按配《あんばい》に調理してお出しするものであって、ゆめゆめ料理人の我《が》を食わせたりしてはいけない。「どうだ、食え」と皿を上から出すのではなく、「どうぞお召しあがりください」と下から出さなければならない。そのあたりを、時吉は師から厳しく指導されていた。

ただし、素材を活かすと言っても、そのうまさにばかり頼りきっていてはいけない。目に見えないところできっちりと仕事をしてこそ、素材のうまさがさらに引き出されてくるのだ。

切り身にした鰤に塩を振り、四半刻《しはんとき》（約三十分）ほど置く。それから塩を洗い落として水気を切り、皮目に包丁で細かく切りこみを入れる。

ここからまたひと手間をかける。

少しずつ注ぎ足しながら使っているのどか屋の「命のたれ」に味醂《みりん》と醬油と砂糖を加え、つけ焼き用のたれをつくる。このたれを二、酒を一の割りでこしらえたつけ地に四半刻よりいくらか短めにつけ、鰤の身に味をしみこませるのが勘どころだ。

つけ地から上げた鰤はいったんたれをふき、いくらか波立たせるように串を打って焼いていく。いい按配に表と裏に焼き色がついたら、たれをかけて本焼きにする。

たれをあぶって乾かす要領で二度焼き、仕上げにまたさっとたれをかけて串を抜けば出来上がりだ。

「はい、お待ち」

時吉は一枚板の席に寒鰤の照り焼きを出した。

「お待ちどおさまです」

少し遅れて、座敷にはおちよが運んでいく。

「いつもながら、鰤が成仏《じょうぶつ》してるね」

隠居が軽く両手を合わせた。

「ほんに、皮目がぱりっとして、身までたれの味がしみてて……こりゃあ、絶品です
ね、ご隠居」

人情家主も和す。

「うめえ」

「そのひと言。来た甲斐《かい》があったぜ」

「おめえら、そんな顔をしてもやらねえぞ。客の食い物だからな」

大工衆の一人が猫たちに向かって言ったから、のどか屋に和気が満ちた。

ほどなく、表で足音が響き、また客がいくたりか入ってきた。

一人は寅次《とらじ》。湯屋のあるじで、岩本町のお祭り男だ。

あとは火消し衆だった。

そろいの半纏《はんてん》の背に組の名が染め抜かれている。

のどか屋と縁のある、よ組の面々だった。

二

「ちょいと音羽の焼け跡を見て、片付けの加勢をしてきたところで」

よ組のかしらの竹一《たけいち》が言った。

組が総出というわけではなく、纏持《まといも》ちの梅次《うめじ》などのおもだった者だけで加勢に行った帰りだった。おかげで、のどか屋の座敷にも大工衆と一緒に入ることができた。

「どんな按配《あんばい》だったんだい？」

のどか屋の常連は互いに顔見知りだ。大工衆の一人が梅次に気安くたずねた。

「結構な大火だったな。巣鴨村のあたりはそう家が建てこんでるわけじゃねえ。江戸の真ん中であれくらいの火が出たら、ずいぶんな人死にが出ただろうよ」

兄の跡を継いで火消しの華をつとめている男が、いくらか眉間《みけん》にしわを寄せて答えた。

「危ねえ話だぜ」

「また火が出ても、おれらが建て直してやるけどよ」

「おう、その意気だ」

大工衆の一人が二の腕をぽんとたたいた。

火が出ない年はないほどで、江戸に住んでいれば火事は付きものだ。なかには生涯に二度、三度と焼け出されてしまう運の悪い者もいる。

少し焼いただけで鎮《しず》まる火事もあるが、風向きなどによっては大火になる。無残な焼け野原が広がる惨憺《さんたん》たるありさまになってしまう。

それでも江戸の民は、「てやんでえ」とばかりに力を出して、そのたびに世を立て直してきた。

ほうぼうで家の建て替えが始まるから、大工や左官などは実入りがよくなる。そういった者たちは「宵越しの金は持たねえ」とばかりに気前よく散財するから、うまい按配に銭が回りだす。

それやこれやで、いかに焼け野原になっても、いつのまにか復興が成し遂げられるのが江戸という町だった。

「今日の牛蒡《ごぼう》は、ちょいと深いね」

家主の隣に座った湯屋のあるじが言った。

「山牛蒡ですから」

時吉が笑みを浮かべた。

「なるほど、道理で深いわけだ」

寅次がまた箸を伸ばしたのは、たたき牛蒡の胡麻酢和《ごまずあ》えだった。

牛蒡を食べよい大きさに切ってから酢水にさらす。それからほどよくゆで、ざるに上げて冷ます。粗熱《あらねつ》が取れたところで、形まで崩さないように加減しながらすりこぎでたたき、甘酢につける。

味がしみた頃合いを見計らって、胡麻酢で和える。半ずりにした白胡麻を、追い鰹《がつお》の効いた土佐酢《ときず》でとろりとのばしたものが胡麻酢だ。

小ぶりの器に盛り、仕上げに切り胡麻を振ってやれば出来上がりだ。いかにも小料理らしい、酒によく合う一品だった。

「それはそうと、ちょいと腹にたまるものはできねえかな。ずいぶんと動き回ったもんで、腹が減っちまったんだ」

よ組のかしらが言った。

「おいらも」

「腹の虫が鳴りやがった」

同じ半纏が手を挙げる。

「では、炒め飯をおつくりしましょうか。お浸しにしようと思ってちょうど小松菜をゆでたところなので、これを具にしましょう」

　時吉がすぐさま言った。

「いいね」

「のどか屋の炒め飯のうまさは、常連しか知らねえからな」

　昼の膳には飯が出るが、炒め飯は手間がかかりすぎるからむずかしい。客の波が引き、ひとしきり酒を呑んだ常連が締めに所望する、言わば裏料理の一つだった。

「おとう、いためめし、するの？」

　千吉が瞳を輝かせた。

「つくるの？　って言うの」

　言葉の使い方がおかしい息子に向かって、おちよが笑顔で教えた。

「つくるの？」

　おうむ返しに問う。

「ああ、つくるぞ、千吉。こっちへ来て、見てな」

「うん」

　元気のいい返事をすると、千吉は悪い足を器用に操って厨に入ってきた。

「時さんの炒め飯は、ちょいとした見世物だからね」

隠居が言った。

「そうそう、おいらなんかがやったら、厨じゅう飯だらけになっちまう」

寅次が笑わせる。

炒め飯には、底の丸い大きな鉄鍋を使う。そのほうがよかろうと思い立ち、とくにこしらえてもらった道具だ。かなり重いから、時吉のような力がなければとても使いこなせない。

今日の炒め飯のつくり方はこうだ。

ゆでた小松菜をぎゅっと絞り、細かく刻んでおく。玉子は割りほぐし、いくらか塩を加えて炒り玉子にする。

ちょうど帆立《ほたて》の貝柱《かいばしら》があったから、これもほぐして具に使うことにした。ありものを組み合わせていくらでもつくれるのが炒め飯のいいところだ。

「じょうず、じょうず。おとう、とってもじょうず」

千吉が上機嫌で手をたたいた。

時吉が濡れ布巾を持った両手で鍋を振るたびに、炒められた飯が躍《おど》る。ときには顔の高さにまで具と飯が飛ぶから、見ているだけでため息がもれるほどだった。ひとたび宙を舞っても、飯は過《あやま》たず鍋に戻ってくる。

飯に小松菜、炒り玉子、帆立の貝柱を加えて鍋を振りながら炒め、塩と胡椒で味を調《とと》える。仕上げに酒とほんのわずかな醤油をまぜ、胡麻油で香りをつければ出来上がりだ。

「お待たせしました」

湯気を立てている皿を、おちよが座敷へ運んでいった。

「おお、来た来た」

「飯は黄金色《こがねいろ》じゃねえかよ」

「匂いだけでたまんねえ」

火消し衆は我先にと匙《さじ》を動かしはじめた。

「見てるだけじゃ殺生《せっしょう》だな」

「おれの腹も鳴りやがった」

「大工《でえく》にも頼むぜ」

座敷は急ににぎやかになった。

「承知しました」

時吉は団扇《うちわ》であおいで火を強くした。

炒め飯は強火でこその料理だ。があっと水気を飛ばしながら具を按配よくまぜ、味つけも済まさなければならない。

「こういう火はいいねえ」

源兵衛がしみじみと言った。

「人のためになる火もあれば、災いになる火もあるからねえ」

隠居も言う。

「まあ、そういう剣呑《けんのん》な火は、火消しの兄さんがたが消してくれるからよ」

寅次が火消し衆を立てる。

「実を言うと、消せる火はあんまりないんだがな」

炒め飯を口に運ぶ手を止めて、かしらの竹一が言った。

「風をちゃんと見極めて、火が大きくならねえように家を壊して、見えねえ堀をつくってやるわけだ。火と速さ比べだな」

「家を壊されたやつから文句が出たりしねえかい」

「そんな文句が出たことはねえな」

「壊さないでくれって言われたって、火を止めるのが先だから」

梅次が身ぶりをまじえて言った。

「しかし、ときには飛び火することもあるからねえ」

と、隠居。

「そうなんで。いくら家を壊して堀をつくったって、その上を風にあおられた火が飛んでったら手の打ちようがねえ」

よ組のかしらは眉間にしわを寄せた。

「まあ、なんにせよ、火が出ないことを祈るしかないね」

家主がいくらかため息まじりに言った。

「うちも人ごとじゃないですからね。もし火を出したりしたら、町のみんなにとても顔向けができねえから」

寅次は珍しくまじめな顔つきになった。

炒め飯が終わってしまったから、千吉はちょっと退屈そうで、あれやこれやと手でさわりはじめた。このあいだ、「命のたれ」が入った壺を抱えていたから、時吉もおちよも肝《きも》をつぶしたものだ。

おちよは座敷で酌を始めている。いたずらをされないように、時吉が見張らなければならない。

そこで、その先の鍋も見越してうどんを打つことにした。これも千吉は喜んで見物してくれる。

のどか屋の井戸の水はいいから、時吉の力で存分にこねれば、こしのあるうまいうどんができあがる。木鉢に大きな音を立ててうどん玉をたたきつけるたびに、千吉の瞳が輝いた。

「そのうち、二代目もうどんを打ち出すぜ」

「そうそう。ちょっと足が悪くたって、料理人ならつとまるさ」

座敷から声が飛ぶ。

蕎麦粉はなかなかに扱いづらいところがあって、手のひらの熱を嫌うからまとめ方にこつがいるが、うどん粉は力まかせでもきれいな玉になってくれる。

その玉を木鉢に、どん、とたたきつける。両手でこね、また丸めてたたきつける。その音が響くたびに、千吉は手を拍《う》って喜んでくれた。

うどん玉ができあがったら、のしと切りの作業に移る。これも千吉は瞳を輝かせてじっと見ていた。

ことに息子が好きなのは、麵切りだった。幅の広い麵切り包丁を用い、小間板《こまいた》を送りながら調子よく切っていく。

包丁をいくらか斜めに入れるのがこつで、小間板のほうへ寄せながら動かしていくと、ちょうどいい按配に同じ太さで生地が切れていく。

「おとう、すごい」

千吉がまた手をたたいた。

「ほんとは、おかあのほうが上手《じょうず》なのよ」

おちよがそう教えたから、のどか屋に和気が満ちた。

大ざっぱな味つけさえなきゃ、一流の料理人、とは娘のおちよを評した父の長吉の言《げん》だ。手わざに関しては、時吉より一日《いちじつ》の長《ちょう》がある。

「うどんは釜揚げにするのかい？」

「こないだ、盥《たらい》づくりの職人衆に出したそうじゃねえか」

「みんな、うまかったって言ってた」

狭い町だ。座敷の衆は、そんなことまで知っていた。

「こないだはご所望《しょもう》もあって、盥に湯を張って釜揚げうどんにして、みなさんでたぐりながら食べていただきましたが、今日はいい南瓜《かぼちゃ》が入ったので、甲州《こうしゅう》のほうとう仕立てにしてみようかと」

「いいねえ」

隠居がすかさず言った。

「あの味噌仕立てがうめえんだ」

と、寅次。

「武州《ぶしゅう》じゃ醬油味だったと思うけど」

源兵衛が軽く首をひねる。

「そのとおりです。深谷《ふかや》などでは、特産の葱《ねぎ》を入れた煮ぼうとうにします」

うどんのゆで加減を見ながら、時吉が説明した。

具の支度も追い追いに整っていった。面取りをして、味がしみるようにところどころの皮をむいた南瓜にささがきの牛蒡、それに、かみ味が生《しょう》のものの肉のような油揚げに葱を加える。

千吉は厨を出て座敷に戻った。わずかなあいだを使って、手習いを教える。まだおぼつかない手つきで仮名のようなものを書くたびに、座敷の客から声があがった。

そうこうしているうちに、ほうとう鍋ができあがった。

座敷と一枚板の席に、さっそく供せられる。

土鍋の蓋を取ると、ふわっと湯気と味噌の香りが漂った。

「たまんねえな」

「さあ、食おうぜ」

大工衆が身を乗り出す。

「鍋の中が江戸の町みてえだ」

「いろんな具が入ってるからな」

火消し衆も箸を伸ばした。

その言葉を聞いて、おちよの顔つきが少し変わった。

うしろをさっと、暗い影のようなものがよぎっていった。

そんな気がしてならなかった。

第二章　山家《さんか》寿司

一

「こりゃあ、花散らしの風だね」

一枚板の席で、隠居が言った。

三月（陰暦）に入ると、のどか屋はずいぶん花見弁当をつくった。墨堤《ぼくてい》や飛鳥山《あすかやま》、上野や谷中《やなか》など、ほうぼうの花の名所でのどか屋自慢の折詰弁当が広げられ、さまざまな料理に舌鼓《したつづみ》が打たれた。

だが、花の季《とき》は短い。さかりに風が吹くと、花びらは競うように枝を離れて地へと降り注いでいく。

「北のほうへおつとめに行ったりすると、また桜の真っ盛りになったりする。ありゃあ、ちょいと妙な感じになるもんだ」

同じ一枚板の席で猪口《ちょく》を傾けていた男が、いくらか遠い目つきになった。

「なるほど、旦那ならそういうこともあるでしょうな」

と、隠居。

「わたしのように、帳場とここと湯屋くらいしか行かない者だと、角の桜が散ったらおしまいです」

いちばん奥に座った子之吉《ねのきち》が穏やかな笑みを浮かべた。

萬屋《よろずや》という実直なあきないの質屋を営み、町の衆からも信頼されている男だ。女房を不幸な亡くし方をしたが、息子が跡を継ぐ修業をしている。見世が休みの日や、息子に帳場を任せているときは、こうしてのどか屋で息抜きをするのが常だった。

「はい、お待ち、いつものあんみつ煮でございます」

時吉が着流しの客に湯気を立てているものを出した。

「すっかりその名になっちまったな」

苦笑いを浮かべて箸を伸ばすと、あごがとがった顔の長い異貌の男は、油揚げの甘煮を口中《こうちゅう》に投じた。

「うん、甘《あめ》え」

お得意のせりふを口にしたのは、安東満三郎《あんどうみつさぶろう》。約《つづ》めれば「あんみつ」になる。世に知られない黒四組《くろよんぐみ》（黒鍬《くろくわ》の者の第四の組）の組頭《くみがしら》として神出鬼没《しんしゅつきぼつ》の隠密仕事に励んでいる安東は途方もない甘党で、普通の者の「うめえ」が「甘え」になってしまう。油揚げをたっぷりの三温糖《さんおんとう》と醤油で煮た甘煮は、すぐつくれるから安東が顔を出すたびに供している。おかげで、いつしか「あんみつ煮」と呼ばれるようになった。

「おう、これもさっぱりしててうめえな」

「寿司もいろいろだ」

「これならしくじることもねえぞ」

座敷で盥や桶の職人衆が食しているのは、今日の昼の膳でも出した山家《さんか》寿司だった。普通は酢飯をつくり、具をまぜてちらし寿司にする。もちろん、握りでもいい。

一方、山家寿司はただの飯を使う。とりどりの具のほうを酢で洗って、塩を振って飯にまぜてやる。

山家《やまが》で昔からつくられていた寿司で、このやり方だったら間違いがない。酢飯はむやみにまぜるとべたべたしてしまうし、味を均《なら》すのも存外に難しいものだが、これならしくじるところがさほどない。先人の知恵だ。

「いろんな具を入れられるので、重宝《ちょうほう》なんですよ」

客の片付け物をしながら、おちよが言った。

「焼き魚に筍《たけのこ》……」

「独活《うど》に蕨《わらび》……」

「おっと、これを忘れちゃいけねえ、錦糸玉子《きんしたまご》」

具をつまみながら、役者のお披露目《ひろめ》のように職人衆が言う。

「どれもこれも、いい味出してるねえ」

「ありがたく存じます」

おちよは頭を下げた。

千吉まで、ひょこりと礼をする。

「ときに、旦那はしばらく江戸で？」

隠居があんみつ隠密にたずねた。

「まあそうなんだが、出張はいきなり言われるからな。江戸にいたって、何を言いつけられるか分かったもんじゃねえ。とんだ便利屋みてえなもんだから」

安東はそう言って、また油揚げを一枚口に運んだ。

「張り合いがあってようございますね。わたしなどは、見世の帳場にぼうっと座ってるばかりで」

子之吉は鯛《たい》のひと塩干し焼きに箸を伸ばした。

鯛にかぎらず、白身の魚はこの料理がうまい。

切り身の表裏にほどよく塩を振り、細い紐を通して半日ほど風通しのいいところに吊るしておけば、ちょうどいい按配のひと塩干しになる。

盆ざるにのせてひと晩置くのが常道なのだが、のどか屋には四匹も猫がいる。そんなものを置いたら、たちどころにやられてしまう。

そこで、猫がいくら跳んでも届かないところに吊るしてやる。それでも猫はどうにかして奪《と》ろうとするから、食い物屋の猫にしては、のどか屋の猫たちはみな腹が締まっていた。

「座ってるばかりでも、おつむはいろいろと回ってるだろう」

隠居が頭を指さした。

「そんなこともないです」

と、鯛をほおばった子之吉のひざに、ちのがひょいと飛び乗った。

子之吉は猫好きで、のどか屋から迎えた猫も飼っている。それは猫にもわかるらしく、ときどきひざに乗ってくる。

「ちょっとだけだぞ。あんまりあげるとしかられるから」

子之吉は鯛の身をほぐし、猫に分け与えた。ちのはたちまち、はぐはぐとうまそうに食べはじめる。

「盗品を質入れしようとしたら、勘が働いたりしねえかい」

安東が問う。

「それは長年の勘で分かります。と申しましても、そういったものはあとで番所へ届けに行けばいいので、さほど困ることもないのですが……」

ちのがいいものをもらっているのを見て、みけとゆきもわらわらとやってきた。やむなく鯛の残りを与えながら、萬屋のあるじは答えた。

「と言うと、盗品より困る品があったりするのかい」

あんみつ隠密はさらにたずねた。

「はい。どういう品であるかは事細かに申し上げられないのですが、できることなら質流れをせず、元の持ち主にお返ししたいと切に思う品があったりします」

子之吉はぼかしたかたちで答えた。

「だれかの大事な形見《かたみ》などだな。金に困ってそれを質草にするしかないってこともあるだろうよ」

「さすがに頭が回るねえ、旦那は」

隠居が感心したように言った。

「そりゃ、そういうつとめだからよ」

「安東さまのおっしゃるとおりです。ちょうどいまもそういう大事な品をお預かりしているので、もし火でも出たら持って逃げなければなりません。ただの品ではなく、思いがこもっておりますから」

「なるほど。質屋の鑑《かがみ》だな、そりゃ」

「滅相《めっそう》もない」

子之吉はあわてて手を振った。

「本当はそういった情に流されず、質草は質草として割り切って扱わなければならないのかもしれません」

背筋の伸びた質屋は言った。

「でも、それが萬屋さんのいいところなんだよ」

隠居の言葉に、話を聞いていたおちよまでうなずいた。

「岩本町は人情の町だからな」

あんみつ隠密がそう言って、渋くにやりと笑った。

二

そのうち、一枚板の席も座敷も客が入れ替わった。

安東はどこかへ顔をつなぎに、子之吉は見世に戻った。隠居も今日は早めに腰を上げ、家のほうへ戻っていった。

代わりに、一枚板の席に陣取ったのは、湯屋の寅次と野菜の棒手振《ぼてふ》りの富八《とみはち》だった。座敷にはなじみの大工衆が入った。そこの若い衆が三所《みところ》競《きそ》いで米俵をもらってきたらしく、始めからずいぶんとにぎやかだ。

にぎやかといえば、岩本町のお祭り男もそうだった。ことに今日は、うれしい知らせを土産に持ってきた。

「とうとう、おれもじいちゃんだよ」

寅次は満面の笑みで言った。

「すると、おとせちゃんにややこが？」

おちよの顔が輝く。

「そうなんだ。吉太郎《きちたろう》との仲があんまりいいからできねえのかと思ってたら、やっと授かったらしい」

　寅次はそう告げた。

　娘のおとせは湯屋の看板娘だったが、縁あってのどか屋の弟子だった吉太郎と結ばれ、湯屋の斜向《はすむ》かいに「小菊《こぎく》」という細工《さいく》寿司とおにぎりの見世を出した。小体《こてい》な構えだが、彩りが華やかでなおかつうまい持ち帰りの細工寿司は評判を呼び、ほかの町からもずいぶん客が来るようになった。

　のどか屋と同じく一枚板の席があり、季節の汁物とともに寿司やおにぎりを食べることができる。そちらも昼どきには行列ができるほどで、二人の見世は上々の繁盛ぶりを見せていた。

「そりゃ、めでてえ話ですね。まま、一杯」

　富八が徳利の酒を注いだ。

「おう、湯屋のおいちゃんもおじいちゃんか」

「めでてえなあ」

「番台で子守をしねえと」

　大工衆もにぎやかな声をあげた。

「おう、千坊、孫ができたら遊んでやってくれな」

寅次は気の早いことを言った。

「おてだま、する」

千吉は何を考えたのか、手を動かすしぐさをした。

「お手玉でいいぞ、いっぱい教えてやってくれ」

湯屋のあるじの顔つきが、そこでふっと変わった。

「というわけで、めでてえことなんだが……」

寅次は肴を出した時吉の顔を見て言った。

「知ってのとおり、おとせにはちょっと千里眼みてえなところがあるじゃないか」

「ええ。例の神隠しに遭って戻ってきてからですね」

時吉は「命のたれ」の一件を踏まえて言った。

「そうなんだ。で、そのおとせが言うには……」

寅次は声を落として続けた。

「近々、何か事があるかもしれないから、千坊を表で一人にしたりしないようにって。どういう事が起きるのかは、『言えないの』の一点張りだがよ」

声色をまじえて伝えると、話を耳にしたおちよの表情が曇った。

「すると、火事か地震か……」

「そのあたりだろうな。出水はよほどのことがなきゃここまでやられねえだろう」

声を低くしたまま、寅次が言った。

「そりゃあ、剣呑だ」

富八がそう言って、たらの芽の天麩羅《てんぷら》を口に運んだ。

春の恵みの一つだ。天つゆではなく抹茶塩でいただくと、たらの芽のほろ苦さがいっそ甘く感じられてくる。

「千ちゃん、いい？」

息子と同じ目の位置になって、おちよが言った。

「一人でふらふら遊びに行ったりしちゃいけませんよ。また人さらいにつかまるかもしれないからね」

「うん。人さらいはいや」

以前の出来事がこたえているのか、わらべはあわてて首を横に振った。

「たいしたことがなきゃいいんだがね」

寅次はそう言って、思い出したようにたらの芽の天麩羅に箸を伸ばした。

「うめえ」

岩本町の名物男は、いつもの表情に戻った。

座敷の大工衆は、見るからに豪快な鯛の浜焼きをつつきながら、しきりに三所競いの話をしていた。

まだ水は冷たいのに、まず大川で泳ぐ。永代橋《えいたいばし》の西詰から中洲を避けて川口橋の辻番のところまで泳げば、お次は荷車引きだ。米俵がぎっしり積まれた重い荷車を、歯を食いしばって引いていく。

新大橋の西詰まで荷車を引き終えたら、最後は駆け競べだ。両国橋の西詰の広小路まで、韋駄天《いだてん》を競う。

「荷車をもう少し速く引けりゃ、最後に抜けたんだがな」

米俵を取ってきた大工が悔しそうに言った。

「二番なら上出来じゃねえか」

「力のあるやつは速く走れねえだろうから、おあいこだ」

「それにしても、この鯛はうめえな」

「もっと塩辛いかと思ったら、案外そうでもねえ」

鯛はえらとわたを取るだけで、うろこは引かずに残しておく。ゆえに塩釜をつくって埋めても、中の身までむやみに塩辛くはならない。

食べ方にもひと工夫がある。冷めてから取り出した鯛は、生姜酢《しょうがす》ですすめる。これが塩辛さを絶妙に和らげてくれる。

「それにしても、勝ったやつは人相が悪かったな。荷車だけはむちゃくちゃ速かったけどよう」

　大工はまだいくらか悔しそうだった。

「悪そうなやつなのかい」

「おれらが建てた家を素手でたたきこわしそうなやつらだったぜ」

「そいつぁ剣呑だ」

「仲間がいたのか？」

「何人もいやがった。米俵と酒樽をもらって、上機嫌で帰っていったがよう」

　大工はそう言って舌打ちをした。

　一枚板の席には、同じ鯛でも肝《きも》が出されていた。

　取り出した肝は血抜きをし、食べよい大きさに切って湯にくぐらせる。すぐさま冷たい井戸水に取ってやるのが骨法《こつぽう》だ。

　肝を鍋に移してせん切りの生姜を入れ、ひたひたの酒を注いで煮る。肝の臭みを酒で飛ばし、ていねいにあくを取ったら、砂糖と味醂と醬油を順に加えて煮詰めていく。

　肝と生姜を鉢に盛り、木の芽をのせれば、鯛の肝の時雨《しぐれ》煮の出来上がりだ。

「こりゃあ、酒がすすむね」

寅次がうなった。

「あしたになったら、鯛になって泳ぎだしそうだ」

富八が妙な身ぶりをした。

「鯛が天秤棒をかついで野菜を売りにきたらびっくりだぜ」

と、寅次。

「おじちゃん、たいになるの？」

千吉が真顔でたずねたから、座敷までどっとわいた。

「そうだぞ。おじちゃんはな、こんなにでっけえ真っ赤な鯛になって入《へえ》ってくるんだぞ」

富八が両手をぱっと広げて怖い顔をつくってみせた。

少し遅れて、わらべの顔が妙な具合にゆがんだ。

よほど怖かったのか、千吉はやにわにわんわん泣きだした。

「おお、すまねえ。泣かしちまったか」

気のいい棒手振りは急におろおろしはじめた。

「ちょいと真に迫りすぎたな」

寅次が笑う。

「でけえ鯛なんて入ってこねえから、安心しな、千坊」

「いまのは芝居だからよ」

「真っ赤な鯛が入ってきたら、そりゃ怖《こえ》えや」

大工衆が笑う。

「ほんとに、そんなものが……」

同じように笑っていたおちよが、急に言葉を呑みこんだ。

本当に赤いものが入ってくるような気がしたからだ。

それは思い過ごしではなかった。

だしぬけに半鐘が鳴ったのは、次の日の昼前のことだった。

第三章　岩本町から

一

昼の膳を求めて、のどか屋には少しずつ客が集まってきていた。

朝から風が強かった。北から吹きつける風だ。

「この風だと、飛ばされる屋根もあるんじゃねえか」

「おう、馬鹿に吹きやがるな」

座敷の職人衆は案じ顔で膳に向かっていた。

若芽雑炊《わかめぞうすい》に焼き魚、それに切干大根の煮付けの小鉢がつく。うまくて身の養いにもなる膳だ。

だが……。

その日の膳はいくらも出なかった。だしぬけに鳴った半鐘がすべてを断ち切ってしまったからだ。

「おっ、火だ！」

「近いぞ」

客は色めき立った。

おちよはあたりを見回した。

千吉がいない。

さきほどまで土間で遊んでいたのに、いつのまにか出ていってしまった。

さっと血の気が引く。

「てえへんだ！」

血相を変えて、野菜の棒手振りの富八が飛びこんできた。

「土手が燃えてるぜ」

息せききって告げる。

「土手って、柳原《やなぎわら》か？」

時吉はたずねた。

「川向こうから火が飛んできたみてえで」

富八は答えた。

火元は神田川の北、佐久間町《さくまちょう》二丁目の材木小屋だった。そこから出た火は、折からの強い北風にあおられ、あっと言う間に川を飛び越えて対岸の柳原の土手に燃え移った。

半鐘は急に速くなった。

火は近い。

「そいつぁいけねえ」

「早く逃げねえと」

客はいっせいに腰を上げた。

「お代は結構です。早く逃げてくださいまし」

時吉はそう告げると、火の始末にかかった。

「おまえさん、千吉がいない！」

おちよが声をあげた。

「外を探してこい。いま手が離せない」

時吉は鋭く言った。

おちよはうなずき、客とともに外へ飛び出した。

北の空に黒い煙が見えた。

火だ。

「千吉！　千吉！」

おちよは必死に叫んだ。

「どけ、どけっ」

大八車がえらい勢いで通り過ぎていく。

いち早く家財道具を積み、風下に向かって逃げようとしているのだ。

「まずいぞ」

「岩本町は風下だ」

「でけえ火になったら、呑まれて終わりだぜ」

ほうぼうから声が響いた。

火の始末を終えた時吉も表に出た。

「千吉！　どこにいるんだ、千吉！」

時吉が声を限りに叫ぶと、半町ほど先の路地のほうから泣き声が聞こえた。

「おまえさん、千吉だよ」

おちよの声にうなずくと、時吉は声がしたほうへ走った。

間違いなかった。

路地で遊んでいたのは千吉だった。

「おとう……こわいよ」

急に鳴り出した半鐘におびえたのか、千吉は耳を手でふさいだ。

「もう大丈夫だ。おとうの背に乗れ」

時吉はしゃがんで背を向けた。

「早くしろ」

「うん」

千吉の重みとあたたかさを感じたとき、時吉はひとまずほっとした。

急いでのどか屋に戻る。

おちよが胸に手をやった。

だが、安堵するのは早かった。

もう火は、すぐそこにまで迫っていた。

二

「あと二匹だ」

倹飩箱に二匹目の猫を入れると、時吉はあたりを見回した。

猫も大事な家族だ。連れて逃げなければならない。

ただし、人の言うままにならないのが猫という生き物だ。子猫のゆきはかたまっていたのですぐ捕まったし、のどかも心得た顔であまり抗《あらが》わなかったが、残りの二匹の姿が見えない。

「あっ、いた。……ちのとみけ、おいで。逃げるよ」

おちよの声が表で響いた。

のどか屋の命のたれは瓶に入れてある。千吉も見つかった。

ほかは着の身着のままでいい。無事に逃げられれば、それだけでいい。

「捕まえた。……あっ、みけが逃げちゃった」

ほどなく、おちよが茶白の縞猫の首根っこをつかまえて持ってきた。

「みけは逃げたのか」

時吉が言う。

「この子だけ。さ、早く入って」

おちよはふぎゃふぎゃないている猫を倹飩箱に入れようとした。

蓋を開けたときに中の猫が飛び出さないように気を遣いながら、どうにか三匹の猫を入れ終わったときには、もうかなり時が経っていた。

「おかあ、こわいよ」

千吉はべそをかいていた。

「大丈夫よ、これから逃げるから」

「さあ、もういっぺんおとうの背に乗れ」

時吉が背を向けた。

「手ぬぐいを濡らしたほうがいいよ、おまえさん」

煙に巻かれることも考えて、おちよが言った。

「よし」

時吉はすぐさま動き、千吉にも手ぬぐいを渡した。

「いいか、千吉。煙くなってきたら、この手ぬぐいを口と鼻に当てるんだ」

「うん……」

千吉は不安げにうなずいた。

「さ、行くよ」

おちよが言った。命のたれの瓶を胸に抱いている。

「ちょっとのあいだだから、辛抱しな」

千吉を背負った時吉は、手にさげた倹飩箱の中でむやみにないている猫たちに声をかけた。

仕事道具をいろいろ持ち出したいのはやまやまだが、火が出たらできるだけ身軽に逃げるのが肝心だ。前に三河町の茶漬屋から出た大火でも焼け出されているから、そのあたりには身にしみて養った知恵があった。

ゆえに、包丁は一本だけに絞った。素早くさらしに巻き、ふところに忍ばせる。

おちよは巾着《きんちゃく》に当座に入り用な銭を入れた。ほかには何も持ち出さなかった。まずは火から逃げなければならない。

「行くぞ」

もろもろの思いを断ち切り、時吉はのどか屋を出た。

三

半鐘が狂ったように鳴っていた。

風はいよいよ強い。

町のあちこちで悲鳴が響いていた。

「どっちに逃げるの、おまえさん」

切迫した声で、おちよが訊いた。

時吉は北の空を見た。

黒い煙が空を覆っている。そのなかに、ちらりと赤い炎も見えた。すぐ消える火ではない。

「こっちだ」

時吉はとっさに判断した。

風下の、西南のほうへ逃げる道を選んだ。

首尾よく風上に逃げおおせてしまえば、火に焼かれる気遣いはない。しかし、その途中で煙に巻かれてしまうかもしれない。

一瞬の判断の狂いが命取りになってしまう。運命の分かれ目になる。

「こっちだ、こっちだ」

「突っ切って行っちめえ」

逆の向きへ逃げる者たちとすれ違う。

「おまえさん、こっちでいいんだね？」

先を逃げるおちよが不安げに振り向いて問うた。

「大丈夫だ。おれを信じろ」

時吉はそう言って足を速めた。

千吉は声をあげて泣き出した。

無理もない。いまにも火の粉が振りかかってきそうな火の勢いだ。

「飛んだぞ！」

「風にあおられて、どんどん飛ぶぞ」

叫ぶ声があちこちで響く。

のどか屋の客にもいくたりか会った。互いの無事を祈ることしかできなかった。

「どうかご無事で」

「のどか屋さんも」

短い会話を交わし、それぞれの向きに逃げていく。

萬屋の前を通り過ぎた。

子之吉はまだ蔵の品を荷車に積んでいるところだった。

「早く逃げないと危ないですよ、萬屋さん」

時吉は声をかけた。

「分かってます。焼くわけにいかない品がありますので」

子之吉はそう答えると、また急いで蔵に戻っていった。

それから半町《はんちょう》ほど南へ逃げて通りに出たとき、また知った顔に出くわした。

「まあ、おとせちゃん」

「小菊」のおかみになっているおとせだ。

「どっちです？」

一緒に逃げていた吉太郎がたずねた。

「堀を渡って十軒店《じゅっけんだな》のほうへ逃げよう。牢屋敷のほうは剣呑だ」

時吉はすぐさま絵図面を示した。

岩本町から南に逃げれば牢屋敷だ。大火のときは、かつても囚人が解き放たれたことがある。もしそうなったらえらい騒ぎになるだろうし、千吉にもしものことがあったりしたら大変だ。

「おとせちゃん、体は大丈夫？　寅次さんから聞いたけど」

おちよが身重《みおも》の娘を気遣った。

「はい、なんとか」

「うっかりこけるんじゃないぞ。大事なややこがいるんだから」

吉太郎が声をかける。

「分かってる。絶対、無事に逃げるから」

もう半ばは母の顔で、おとせは答えた。

「寅次さんはどうした？」

時吉は問うた。

「火の始末をしてから逃げるって言ってました。家主の源兵衛さんは、長屋が心配だから戻るって」

と、おとせ。

「まあ、それは心配ね。すぐ逃げたほうがいいのに」

「次の角を曲がるぞ」

時吉は荷車が曲がった方向へあごをしゃくった。

風下へ逃げてきたのに、火からはあまり離れていなかった。絶えずどこかで声が響く。悲鳴が放たれ、半鐘が鳴る。

「おとう、ごめん……」

だしぬけに千吉が言った。

「なんの」

「千ちゃん、はしれないから……」

息子の言葉を聞いて、時吉はにわかに胸が詰まった。

泣いてばかりいるだけだったのに、いったいいつのまにそんなことを考えるようになったのだろう。人を思いやるようなことが言えるようになったのだろう。

そう思うと、急に目の前がぼやけて道があいまいになった。

「心配するな、千吉。おとうが代わりに走ってるから」

やっとの思いでそう答えると、時吉はいくたびも瞬きをした。

次の角を曲がるとき、火消し衆とすれ違った。

のどか屋でもおなじみの、よ組の面々だ。

しかし、今日はみな血相が変わっていた。

「どけ、どけっ」

「火消しが通るぜ」

「どいてくれ！」

なにぶん一刻を争っている。纏や鳶口《とびぐち》などを手にした火消し衆は鬼のような形相だった。

「かしら、頼みます！」

時吉は鋭い声を発した。

竹一は気づいた。

おう、と右手を挙げる。

そしてまた、「急げ！」と手下に命じた。

もう消せる火ではないが、できるだけ類焼を抑えることはできる。そのためには、次に燃え移りそうな家を壊して、火に勢いをつけさせないことが肝要だった。

だが……。

今日の火の前には無力だった。いかに家並みを壊しても、風にあおられてちぎれた火がかなり先まで飛んでしまうのだ。

「きゃあっ！」

おちよとおとせが、ほぼ同時に悲鳴をあげた。

行く手にぱっと火の手が上がったのだ。

逃げる時吉たちを先回りするかたちで、やにわに火が燃え移った。

時吉は振り向いた。

背後では、煙が勢いよく立ちのぼっていた。

挟み撃ちだ。

「おまえさん、どうするの」

おちよが切迫した声で問うた。

「水辺だ。御堀のほうへ逃げましょう」

吉太郎がうながした。

「いや、かえって危ない」

時吉は心を決めた。

「こっちだ。しっかり摑《つか》まってな」

背中の千吉を揺すると、時吉は人の流れとは逆のほうへ走りだした。

第四章　仏の煮奴鍋

一

大火に遭った者たちは、もちろん火から一刻も早く逃れようとする。

水辺へ行けば大丈夫だろうと思うのは人情だ。水に火が燃え移ることはない。

だが……。

そこに大きな落とし穴がある。水を求めて、みなが同じ向きに逃げる。橋を渡り、先を争って逃げようとする。

それが惨事につながったことが、過去にいくたびもあった。時吉は人づてに聞き、その恐ろしさを知っていた。

我先にと渡ろうとした橋が、人々の重みに耐えかねて落ちてしまったことがある。

人のほうが落下して溺れ死んだ例も少なからずあった。

また、堀を泳いで渡ろうとして力つきる者も多かった。みなが先を争って泳ごうとするせいで、手や足が当たる。火から逃れようとする乱れた心持ちで泳いでいるから、普段は泳げる者でも息継ぎができなくなって溺れてしまったりするのだった。

「水辺は危ないって、火には水がいちばんだよ、おまえさん」

おちよが声をあげた。

「みながそう思う。人がわっと押し寄せて前へ進めなくなったところに、火が飛んできたらどうする」

時吉の声に応えるかのように、近くでぱっと火の手が上がった。

「わっ、あぶねえ」

「そっちの角に天麩羅屋があるぞ。火がついちまうぞ」

「どっちの角だ?」

「堀のほうだ」

「逃げろ、逃げろ」

さまざまな声が飛び交う。

もう何を信じていいのか分からなかった。

「おとう、おかあ……こわいよう、こわいよう」

千吉が泣く。

小便ももらしたらしく、背が生あたたかくなった。

むろん、しかったりはしなかった。そのあたたかみがかえって心強かった。

（まだ無事だ。どうにかして、この子だけは逃がしてやらなければ）

時吉は改めてそう心に誓った。

一時はむやみにないていた猫たちはおとなしくなった。きっとなき疲れて、倹飩箱の中でかたまっているのだろう。

（待ってな。落ちついたら水をやるから。えさも探してやるからな）

時吉は倹飩箱を握る手に力をこめた。

「あっ」

うしろで声が響いた。

振り向くと、おとせが倒れていた。

「大丈夫かい、おとせ」

吉太郎があわてて駆け寄る。

急いで逃げる足がもつれて、くじいてしまったらしい。おとせは顔をしかめ、足首を手で押さえていた。

「おとせちゃん」

おちよも足を止め、気遣わしげに様子を見た。

「おなかは打たなかったかい」

吉太郎の問いに、おとせは黙ってうなずいた。

「さ、背中に乗りな。おいらが負ぶっていくから」

「でも……」

「早くしな」

時吉が声をかけた。

「迷ってるいとまはない。どこへ火の手が上がるか分からないんだ」

「はい」

おとせは吉太郎の背に乗った。

時吉が案じたとおりだった。

半鐘の音は前からも聞こえた。風は止む気配がない。激しい風にあおられた火がちぎれて、思わぬ家並みに燃え移る。

ときには、人々の上から火の粉が降り注ぐ。昨日まであんなにのどかだった江戸の町は、地獄もかくやというありさまになった。

「火柱が上がったぞ！」

「天麩羅屋の油に燃え移ったんだ」

「油屋も近《ちけ》えぞ」

「どっちに逃げたらいいんだ」

「どけ、どけっ」

逃げ惑う者たちは、みなまなじりを決していた。

恐ろしいのは火だけではなかった。なかには、我先にと逃げる荷車や人の群れに踏み潰されてしまう者もいた。うっかりつまずいて倒れてしまったら、あとからあとから人が来る。

「あっ」

吉太郎が声を上げた。押されて転びそうになったらしい。

「押さないで」

おとせがきっとした顔で言う。

「てやんでえ、逃げるが勝ちよ」

「邪魔だ、どけっ」

「のろのろしてんじゃねえや」

火は人の心を荒《すさ》ませる。ほうぼうで怒声が響いた。

「どこへ向かってるの？」

おちよが問うた。

「日本橋は人だらけだ。一石橋《いっこくばし》のほうがいい」

時吉はとっさにそう判断した。

だが……。

その行く手に、またいきなり火の手が上がった。

八百屋《やおや》の二階に燃え移った火は、あっと言う間になめるように広がった。

煙が渦巻く。あたり一面に嫌な臭いが漂った。

「千吉、手ぬぐいを口に当てろ」

時吉は命じた。

「おとう、のどがかわいたよ……」

千吉は涙声で言った。

「もうちょっとの辛抱だ。まずは、この火から逃げなきゃ」

そう答えた時吉の目と鼻の先に、焼けた戸袋が落ちてきた。

間一髪《かんいっぱつ》だった。

「無事か？」

「……あい」

おちよの声が聞こえた。

「この長屋は崩れるぞ。いったん戻るんだ」

時吉の声にかぶさるように、甲高い悲鳴が響いた。

ほんの一つの誤りで地獄に落ちる。火が燃え移る。

そんな修羅場《しゅらば》を必死にくぐり抜けているうち、時吉もおちよも気づいた。

いつのまにか、声が聞こえなくなっていた。気配もしない。

おとせを背に負うた吉太郎の姿は、どこにも見当たらなかった。

二

「おとせちゃん！」

「吉太郎！」

おちよと時吉は叫んだ。

答えはなかった。逃げているうちに、どこかではぐれてしまったのだ。

おとせにいかに千里眼めいたところがあっても、細かな逃げ道までは分かるまい。二人の安否が気遣われた。

「どうしよう」

「探しには戻れない。逃げるんだ」

時吉は鋭く言った。

命のたれの瓶を抱いたおちよがうなずいた。

どこを見ても、煙が漂っていた。黒い壁のようになっているところもある。

時吉は逃げながら風向きを見た。

北風だが、折にふれて舞うたちの悪い風だった。そのせいで、火がちぎれて飛ぶ。いままでは無事だと思われたところで、急に火の手が上がる。

ようやく一石橋が近づいた。

日本橋よりはるかに地味だが、この橋はある意味ではいちばん江戸らしい橋かもしれなかった。

橋の両詰に後藤《ごとう》という武家の屋敷が一軒ずつあった。五斗《ごと》五斗《う》で一石という単位になるという、駄洒落《だじゃれ》から命名された橋だ。

「あわてるな。まだ火は大丈夫だ。ゆっくり渡ればいい」

おちよばかりでなく、周りの者にも聞こえるように、時吉は言った。

棒手振りの荷が、あちこちに捨て置かれていた。売り物は惜しまず捨て、身一つで逃げる。いくたびも火が出る江戸で育った者の知恵だ。

瀬戸物の荷が道端に捨てられているのを横目で見ると、時吉は先を急いだ。

ふと泣き声が聞こえた。

怒号と悲鳴、それに、けたたましい半鐘の音を聞きすぎたせいで、いくらか耳がおかしくなっていた。

はじめは千吉が泣いているのかと思ったが、違った。

もうすぐ一石橋に出る蔵のかげで、赤子が泣いていた。

捨て子だ。

しかも、一人ではなかった。双子だった。

「おまえさん、捨て子だよ」

おちよも気づいた。

「見捨ててはいかれないよ。助けてあげないと」

時吉はうなずいた。

見て見ぬふりはできない。

だが……。

一人なら、左手で抱いてどうにか逃げられるかもしれない。しかし、いっぺんに二人は持てない。

おちよはすでに命のたれの瓶を抱いて逃げている。背負子《しょいこ》がないから、背に負うこともできない。どうしても手が足りなかった。

「どうしよう、おまえさん。泣いてるよ、この子たち。だれがこんな薄情なことをしたんだい」

捨て子のもとに駆け寄り、おちよは涙声で言った。

「瓶を捨てるんだ。そうすれば、一人ずつ抱いて逃げられるだろう」

「でも、のどか屋の命のたれだよ。毎日、継ぎ足しながら伝えてきた見世の命なんだよ、このたれは」

「しかし、人の命には代えられないじゃないか」

そう答えたとき、時吉の頭に一つの案がひらめいた。

「こうすればいい」

時吉は後戻りをした。

「どこへ行くんだい、おまえさん。そっちは剣呑だよ」

おちよは声を張りあげた。

「分かってる」

「おとう、何するの？」

背の千吉がたずねた。

「こうするんだ」

時吉は捨て置かれていた瀬戸物の荷をあらためはじめた。

「これがいい」

時吉が選んだのは、平たいかたちの茶碗だった。

急いで引き返す。

「それに注ぐんだね」

おちよの瞳に納得の光が宿った。

「そうだ。命のたれをできるだけ注《つ》いで、倹飩箱に入れればいい」

「猫が全部なめてしまわないかい？」

「それなら仕方がない。猫の身の養いにもなる」

「分かったよ」

おちよは急いで瓶の蓋を開け、命のたれを茶碗に注いだ。

そして、蓋を閉めて両手を合わせ、束《つか》の間瞑目《まめいもく》した。

「こら、出ちゃ駄目だぞ」

時吉は倹飩箱を慎重に開けた。

中には仕切りがあり、上下二段になっている。その狭い箱の中に猫が三匹丸まって入っていた。

ひっくりかえされないように、下の隅のほうへゆっくりと入れる。

「ふぎゃ、ふぎゃ……」

のどかの前足がのぞいた。

早く出せと言わんばかりに動く。

「もうちょっとの辛抱だ。腹が減ったらたれをなめな。ただし、ちょっとだけは残しといてくれ」

猫にそう言い聞かせると、あきらめたのかどうか、のどかの茶と白の前足が急に引っこんだ。

「いい子だ。ちのもゆきも、おとなしくしてるんだぞ」

猫にそう言い聞かせると、時吉はおちよのほうを見た。

火から逃げる人の波は途切れることがない。うっかり踏まれたりしないように、おちよはしっかりと双子の赤子を見張っていた。

「女の子だよ、どっちも」

おちよはそう言って、おくるみに入っていた赤子の片方を渡した。

「そうかい……よしよし、いい子だ」

時吉は片手であやした。

「いい子、いい子」

背の千吉も唄うように言う。

「お兄ちゃんと一緒に逃げような」

顔じゅうを口にして泣いている赤子に向かって、時吉は語りかけた。

「さ、行くよ、おまえさん」

赤子をかかえたおちよがうながす。

「おう」

片手に倹飩箱、片手に赤子、背に息子を負うた時吉が続いた。

三

一石橋は無事渡り終えた。

いくらか進むと、右手に呉服橋《ごふくばし》と御門が見えた。御門を渡れば北町奉行所だが、救民の策が講じられている気配はなかった。

「御堀に沿って、鍛冶橋《かじばし》のほうへ向かおう」

もう一度風向きをたしかめてから、時吉は言った。

「あいよ。……この子、おなかがすいてるみたいだね。おお、よしよし」

おちよは後生大事に抱えた赤子を揺らした。

「と言っても、もらい乳をしているいとまはないな」

足を動かしながら、時吉は答えた。

日本橋川を越えたおかげで、いくらか人心地はついた。だが、まだ楽観はできない。

風の勢いは決して弱まってはいなかった。

「お助け、お助け！」

向こうから大八車がやってきた。

赤い旗を立てた車を、屈強な男たちがものすごい勢いで引いてくる。

「道を開けな」

「お助けの車でい」

大声で触れを出しながら、大八車が通る。

荷台は蓙《ござ》で覆われていた。お助けと言うからには食べ物だろうが、外からは見えない。

「お願いいたします。何か食べ物を」

「ちょっとでいいから、お助けを」

道端から手が伸びる。

「ええい、どけどけっ」

「もっと難儀してるやつがいるんだ」

「おめえらに食わせるもんじゃねえ」

大八車の男たちは、荒っぽい言葉を投げ返した。

「どこのお助けだろう。あんな言い方しなくたっていいのに」

おちよが問うた。

「大名屋敷か何かかもしれないな。とにかく、当てにはならない」

そう答えながら、時吉は男たちの人相を頭の中に書きつけていた。

お助けの大八車は、ほどなくいずこかへと去った。

のどか屋の一行は、さらに南西の方角へ逃げた。

「みんな無事かしら」

おちよが案じ顔で言う。

「無事さ。吉太郎とおとせちゃんも、いまごろは橋を渡っただろう」

「そうだといいけど」

「師匠のところは大丈夫だ」

「浅草は風下じゃないからね。ご隠居も、うちに向かってなければ大丈夫のはず」

おちよは一つうなずいた。

「清斎《せいさい》先生のところも、火の筋とは違うから平気だ」

「前に住んでた三河町なら、今度の火はそれていたわけね」

おちよは感慨深げな顔つきになった。

「のどか屋は焼けたかもしれないな」

半鐘の音を背で聞きながら、時吉は言った。

「おみせ、やけちゃったの？　おとう」

千吉が心細そうにたずねた。

「もし焼けても、またどこかで建て直せばいいんだ。おまえが二代目になるのどか屋を建て直すんだよ」

半ばはわが身に言い聞かせるように、時吉は言った。

「うん。……千ちゃん、二代目になる」

その言葉が、いちばんの励みだった。

御堀ばたの道はずいぶん人が詰まっていた。脇道に折れることもできるが、だしぬけの飛び火がまだ剣呑だ。うっかり狭いところに入って火に巻かれでもしたら、逃げ場はどこにもない。

「どなたか、もらい乳をお願いいたします。捨て子がおなかをすかせてるんです」

おちよが精一杯の声で言った。

「火の手が上がったぞ」

「日本橋のほうは危ねえ」

「火事場泥棒も出てるそうだぜ」

さまざまな声が同時に響く。

そのせいで、おちよの声はともするとかき消されがちだった。

「困ったねえ。だれも聞いてくれやしないよ」

赤子をあやしながら、おちよが嘆いた。

「わが身のことで精一杯だからな。そのうち、仏さまにも巡り合えるだろう」

時吉は答えた。

「ほとけさまがいるの？」

千吉がたずねる。

「ああ、いるぞ。みんなが難儀をしているときに力を貸そうとする、仏さまのような人が江戸にはたんといるんだ。だから、こうやって火が出てたくさんの町が燃えたりしたって、そのたびに力を合わせて立て直してきたんだよ。江戸は負けないんだ」

時吉はそう教えた。

「おとうとおかあは、ほとけさまじゃないの？」

息子にそう言われてしまったから、時吉とおちよは逃げながらも顔を見合わせて苦笑いを浮かべた。

「まずは逃げてからだ。仏さまはそれからだ」

「捨て子を拾って逃げてるのも、仏さまのおつとめなのよ」

おちよが言うと、千吉は「うん」とうなずいた。

それから、わらべなりに少し思案してから言った。

「千ちゃんも、ほとけさまになる」

また胸が詰まった。

「……そうだな」

喉の奥から絞り出すように、時吉は言った。

「いつか、でっけえ仏さまになるんだ、千吉」

背のあたたかみと重みを感じながら、腹の底から時吉は言った。

日はだんだんに西に傾いてきたが、火は消える気配がなかった。

「こいつぁ、夜どおし燃えやがるぞ」

「たちの悪い風だぜ」

「暗くなるまでに無事なとこまで逃げなきゃ」

「ひと雨来ればいいんだがよう」

恵みの火消しの雨は降ってくれそうになかった。江戸の町では、無情の風が吹きすさぶばかりだった。

双子の捨て子は泣き疲れたのか、あるいは弱ってきているのか、どちらも急にぐったりしてきた。

「おまえさん、早くお乳をあげないと死んじゃうよ」

おちよが切迫した顔つきで言った。

「分かった。……だれか、もらい乳を所望いたす！」

動転していたのか、つい昔の武家言葉が口をついて出た。

「もらい乳、お願いします。赤子が弱っているんです」

おちよも精一杯の声を張り上げた。

人波に押されながら進んでいると、南大工町《みなみだいくまち》の角に施しの鍋が出ていた。どうやら豆腐屋が出しているらしい。

「乳なら出るよ」

鍋の列に並んでいた女が手を挙げてくれた。

「ありがたく存じます。捨てられていた双子なんですが」

「どうかよしなに」

おちよと時吉が駆け寄った。

「あたしもお乳をやるよ」

幸い、もう一人手が挙がった。

双子に待望の乳が与えられた。よほど腹をすかせていたのか、しばらく離そうとしないほどたっぷり乳を呑んだ。これでひとまず安心だ。

鍋の番が来た。

豆腐屋の一家が総出でふるまってくれたのは、煮奴だった。

木綿豆腐を食べよい大きさに切り、だしで煮ただけの素朴な料理だが、焼け出されてきた者の心と五臓六腑《ごぞうろっぷ》にしみわたる味だった。

「おいしい……」

おちよの目尻から、つ、とひとすじの涙がこぼれた。

「ほら、千ちゃん、お食べ」

箸で豆腐をつまみ、椀を近づけて汁を呑ませる。

「たんと食え」

「うん……」

千吉もおなかがすいていたのか、あっと言う間に平らげた。

「相済みません。数にかぎりがございますので、お一人一椀で願います」

進んで施しをしているというのに、豆腐屋のあるじは腰を低くして列に並んでいる者たちに告げた。

おかみと子供たちも甲斐甲斐しく手を動かしている。隠居とおぼしい腰の曲がった老爺まで、懸命に椀を運んでいた。

倹飩箱の中が騒がしくなった。猫たちが匂いをかぎつけたらしい。腹が減るのは人も猫も同じだ。

「倹飩箱に猫が入ってるんです。水を入れた小皿と、できれば煮干しなどをいただけないでしょうか」

時吉が頼むと、おかみの顔がぱっと華やいだ。

「うちにも猫がいるんですよ。……まあ、倹飩箱に入って逃げてきたの。いま持ってくるからね」

なき声がしたほうに語りかけると、気のいいおかみは急いで水と煮干しを取ってきてくれた。

逃げないように少し蓋を開けて入れてやる。たちまちなき声が止み、ぴちゃぴちゃと水を呑む音が響いてきた。

「ありがたく存じました。落ち着いたら、改めてお礼に」

おちよが頭を下げた。

「いいんですよ、お互いさまですから。……はい、順に並んでください。まだ鍋はありますから」

おかみは列に向かって声をかけた。

乳を呑んだ赤子は眠ってしまった。胃の腑もいくらかは落ち着いた。あとは、もう少し無事なところまで逃げ、どこかで夜を明かせばいい。

「おとう……」

いくらか進んだところで、背の千吉が口を開いた。

「何だい？」

少し眠そうな声で、千吉は答えた。

「仏さま、いたね」

少し間を置いて、時吉は言った。

「ああ、いたな」

振り向くと、救いの鍋の行列はまだ長く伸びていた。

「お待ちどおさまです……」

おかみの明るい声が、ここまで響いてきた。

第五章　助け椀

一

そのうち日が暮れた。

西の空に残る夕焼け雲の色が、いつもとは違って見えた。その赤さから、時吉は思わず目をそむけた。

京橋まで来ると、やっと半鐘の音が遠のいた。それは北のほうでどこかまぼろしのように響いていた。

それでも、火が消えたわけではなかった。空が暗くなると、まだ燃えている火が遠くに見えた。

時吉とおちよは京橋を渡った。堀をまた一つ越えると、ようやく安堵の気持ちが生まれてきた。

「もう大丈夫だろうかね、おまえさん」

おちよが疲れた声で訊いた。

「ここまで来れば、たとえ飛び火があっても逃げきれるだろう」

「おや、千吉は寝ちゃったね」

「疲れたんだろう。寝かせておこう。……おお、よしよし」

代わりに、赤子が起きた。

さすがに双子と言うべきか、片方が起きるともう片方も目を覚ます。

「はいはい。またそのうち、だれかにお乳をもらおうね。おしめも替えてもらおうね。いい子だね」

捨て子に向かって、おちよは唄うように言った。

京橋の南詰は、火事から逃れてきた者たちでごった返していた。

そこには、さまざまな人間模様があった。

地にひざまずき、両手を合わせて瞑目している老婆がいた。何に祈っているのか、とても声をかけられる雰囲気ではない。

「あったかい、かけそば。あったかい、かけそば」

屋台の売り声が響く。

これは施しではなかった。あきないだましいたくましく、平生《へいぜい》より高めの値がついている。それでも屋台の前には長い行列ができていた。

「しょうがないから、並ぶかね」

おちよがそちらに向かったとき、いくらか離れたところで声が挙がった。

「お大名の屋敷で施しの鍋をやってるぞ」

「どこの屋敷だい」

「近江《おうみ》の膳所《ぜぜ》藩だ」

それを聞いて、時吉はうなずいた。

時吉の出身は四方を山に囲まれた大和梨川《やまとなしがわ》藩だが、さほど離れてはいない。八里くらい山道を進めば、近江の膳所にたどり着く。

「空いてるところに寝泊まりしてもいいらしいぜ」

「そいつぁ、ありがてえ」

人の群れが動きはじめた。

三十間堀《さんじっけんぼり》に架かる紀伊国橋《きのくにばし》を渡り、しばらく進むと近江膳所藩、本多《ほんだ》家の上屋敷だ。

江戸の民が大火で難儀をしているとき、救いの手を差し伸ばす大名家もあった。そのうち公儀による救い小屋がいくつも建てられるだろうが、いま近くにいる難民を救うのが大事だ。

「おう、早く行こうぜ。そっちはただだ」

「こんな馬鹿高え蕎麦なんか食ってられるかよ」

「まったく、足元を見やがって」

屋台の行列が急に短くなった。それまで濡れ手で粟《あわ》のあきないをしていた蕎麦屋は渋い表情になった。

「さあさ、おいしいものをいただきに行こうね」

胸に抱いた赤子にそう言い聞かせながら、おちよが歩く。

「おまえらも窮屈で悪いな。火が消えて、浅草にたどり着いたら出してやるから」

倹飩箱の中で抗議の声をあげている猫たちに向かって、時吉が言った。

南八丁堀の上屋敷まで、ほかの焼け出された者たちとともに歩いた。近江膳所藩は六万石で、上屋敷は一万八千坪の広さを誇っていた。

その門を開き、庭に大鍋を据えて施しをしているらしい。

列に並んだところで、提灯を手にした二人の武士が出てきた。

「横入りはいかぬぞ。正しく並んでおれば、ちゃんと番が来る」

「具合の悪《あ》しきものはおらぬか。屋敷には医者もおるゆえ、遠慮なく申せ」

その声に応えて、さっそく手が挙がった。

「ずっと逃げてきたもので、足が痛うございます」

あきんど風の男がそんな泣き言を述べたから、思わず失笑がもれた。

「それはだれもが同じぞ。足が折れているのでなければ我慢いたせ」

「腹の激しい差し込みや、立っているのも難儀なほどの熱など、よほど具合の悪《あ》しきものにかぎるぞ」

近江膳所藩の武士たちはそうクギを刺した。

そこへ小者が急いで駆け寄ってきた。小声で何事か告げ、また屋敷へ戻っていく。

「具のたくさん入った水団《すいとん》鍋をふるもうておるのだが、包丁の手が足りぬ。このなかに、だれか心得のある者はおらぬか。いくたりでもよい。手伝ってくれ」

おちよと時吉は思わず顔を見合わせた。

「手伝わせていただきます」

時吉は真っ先に手を挙げた。

「心得はあるか」

「はい。岩本町で小料理屋を営んで……おりました」

おります、とは言えなかった。見世はもう燃えただろう。

時吉は胸の詰まる思いだった。

「料理人か」

「元は大和梨川藩の禄《ろく》を食《は》んでおりました。刀を捨て、包丁に持ち替えていまに至っております」

「大和梨川か。近いのう」

武士はにわかに表情をゆるめた。

「ほな、頼むで」

もう一人の武士が、上方《かみがた》なまりで言った。

「ただ、このとおり、捨て子を抱えておりまして」

時吉は泣いている赤子を示した。

「だれか、乳の出るおなごはおらぬか」

武士が声をかけると、幸い、すぐさま手が挙がった。

「よろしゅうに」

おちよはいくらか下と見受けられる女に声をかけた。

「そっちへ行きます」

女が小走りに近づき、時吉から赤子を受け取った。

「これも頼む」

時吉は三匹の猫が入った倹飩箱を地面に置いた。

「あいよ」

おちよが短く答えたとき、背中の千吉が目をさました。時吉はゆっくりと下ろしてやった。

「おとうはこれから、仏さまの鍋をつくりにいくことになった。おまえはおかあと一緒にいい子にしてるんだ」

眠そうに目をこすっている息子に向かって、時吉は言った。

「千ちゃんもいく」

「遊びじゃないんだ。たくさん野菜を切らなきゃならない。おまえはここにいろ」

そう言い聞かせると、千吉はいくらか不承不承《ふしょうぶしょう》にうなずいた。

「お武家さま、魚屋なんですが、ようがすか？」

列からまた手が挙がった。

「おう、いいぞ。魚をさばいてるんなら、野菜もいくらでも切れるだろう」

「へい、承知」

「おいら、うどん屋で、麺切り包丁ならお手の物なんですが」

べつの声が響く。

「来てくれ。粉はあるから、うどんを打て。そのほうが腹にたまる」

「合点《がってん》で」

そんな調子で、焼け出された者のなかから我も我もと声があがった。

「よし、ついて来い」

武家の先導で、時吉を含む面々は屋敷に入った。

二

一本だけふところに忍ばせてきた包丁が役に立った。

人参や大根や甘藷《かんしょ》などを、時吉は次々に皮をむいて切っていった。

「さすがは料理人じゃのう。素人《しろうと》とは手さばきが違うわ」

手伝っていた武士が感心の面持ちで言った。

小者から下女まで、下屋敷の者たちが総出で鍋をふるまっていた。大きな鍋が庭に二つしつらえられ、盛んに火がおこっている。人々を苦しめる火もあれば、こうして助ける火もあった。

野菜を切るだけではなく、時吉は味つけの指導もした。

筋のいい味噌があったので、二つ目の鍋は味噌仕立てにした。酒と塩をうまく足すと、鍋の味がいちだんと深くなった。

鍋には水団ばかりでなく、うどんも投じられた。

さきほど手を挙げた助五郎《すけごろう》といううどん屋が生地《きじ》のつくり方を教え、玉がまとまった端からどんどんのばして切っていた。

餅をつく大きな臼《うす》などでうどん玉をこねる。うどんは蕎麦と違ってまとまりやすい。粉と水と塩かげんを間違わなければ、力まかせにえいえいとこねたりたたきつけたりしているだけで、いつの間にかなんとなくまとまってくれる。

うどん玉を踏んでもいい。腕の力だけでたたきつけるよりは、よほど早くまとまる。

「おう、踏め踏め、どんどん踏め」

「わりと面白いものじゃ」

「切るほうは難儀かもしれんがな」

武士は助五郎のほうを見た。

着の身着のままで逃げてきたから、のし棒も麵切り包丁もない。棒は稽古用の木刀、包丁は脇差を借りて手を動かしていた。

そのさまをちらりと見て、時吉は感心した。

はじめこそ使いづらそうだったが、ひとたびこつを呑みこむと、見世で使っているような按配で道具にしている。うどんは次々に切れていった。

南瓜《かぼちゃ》も薄く切って入れると、甘みが出てなおさらうまくなった。水団にうどん、そのうち、豆腐と油揚げも入った。もう何の鍋か分からないが、具だくさんであたたかさが胃の腑にも心にもしみわたるかのようだった。

「一人一杯にかぎるぞ」

「食い足りなければ、また列のしんがりに並べ」

「どんどんつくっておるから、なくなりはせぬわ」

「たんと食え」

武士たちが声を張りあげる。

「助け椀だ。ありがてえ」

「おいら、こんなうめえもん、食ったことがねえ」

「一生忘れねえぜ、この味」

さまざまな具の恵みが溶けこんだ味噌仕立ての椀を食しながら、なかには涙を流している者もいた。

そのさまを励みに、時吉はなおも手を動かした。包丁は半時あまり、休みなく動きつづけた。

三

「どうしたの？　おけいちゃん」

女が右手で目を覆ったのを見て、おちよがたずねた。

おけいと名乗った女は乳がよく出るので助かった。おかげで、双子の捨て子はまた眠った。

「あの子のことを思い出しちゃって……ごめんなさい」

明るくふるまっていたおけいは、泣き笑いの顔で答えた。

「きっとどなたか連れて逃げてくださってるわよ」

と、おちよ。

「だといいんだけど」

「この子たちだって、こうして拾われて助かったんだから、長屋の人が大事に逃がしてくれてるわ」

「そうね。案じても、泣きたくなるだけだから」

おのれに言い聞かせるように、おけいは言った。

おけいの住まいは柳原の土手のすぐ近くだった。岩本町からもさほど離れていないが、火の手に近いところだ。

おけいは横山町《よこやまちょう》の旅籠《はたご》で働いていた。子連れでつとめはできないから、旅籠へ行くときは長屋の女房に息子を預けていた。善松《ぜんまつ》という乳呑み子だ。

亭主は腕のいい鳶職《とびしょく》だったが、心の臓の病《やまい》で若くして亡くなってしまった。おけいはその後、女手一つで夫の忘れ形見の善松を育てていた。

いつも明るくふるまうおけいは、旅籠の常連客に人気があった。亭主と死に別れてから、涙の淵を渡ってきたが、客に悲しい顔を見せることはなかった。

「火が出たとき、お客さんは？」

おちよはたずねた。

「三人おられました。ある人は浅草の御門のほうへ、またある人は両国橋のほうへ、てんでんばらばらに逃げて行きました」

「そう。浅草に実家があるから、いずれ頼って行こうかと思ってるの」

「旅籠の元締めも浅草にお住まいなので、わたしもそちらへ。火は大丈夫だったはずだから」

すっかり打ち解けたおけいが答えた。

旅籠の客を逃がしたあと、柳原のほうへ向かったのだが、逃げてくる人の波にあらがってはいくらも進むことができなかった。

それに、火の勢いが尋常ではなかった。このまま息子を探しに行ったら、こちらが煙に巻かれてしまう。わが子が長屋の衆に助けられたとしても、母が無事でなければ路頭に迷う。

おけいはそう考え、断腸《だんちょう》の思いできびすを返して逃げてきたのだった。

もうだいぶ夜が更《ふ》けてきた。千吉が「おとうのほとけさま」をもう一杯食べるというので、また列に並んだ。

前とのあいだができたので、倹飩箱を提げて詰める。このところいやに静かだから、気になって蓋を少し開けてのぞいてみたところ、ちのかのどかか、猫が黄色い目でじっと見ていた。

「みゃ」

と、心細そうになく。

「大丈夫よ。もうじき火も消えるから」

おちよはそう言い聞かせた。

そのとき、ふと思い当たった。

「横山町だったら、馬喰町《ばくろちょう》はすぐそこよね？」

「ええ。馬喰町はおとなりで、まあ一緒みたいなものだから」

「あそこに力屋《ちからや》さんっていう一膳飯屋があるのを知ってる？」

おちよは問うた。

「あっ、知ってる。しょっちゅう前を通ってるから。お客さんが男臭いし、量が多そうなので入ったことはないんだけど」

おけいはすぐさま答えた。

「やっぱり」

おちよは笑みを浮かべた。

「お知り合いなの？」

「力屋さんに、うちにいた猫が入り婿《むこ》になったの。大きなぶち猫なんだけど」

「あっ、なでたことある」

おけいは声をあげた。

ゆくえ知れずになったやまとが力屋の入り婿になった話を、おちよはくわしく聞かせた。つらいことをしばし忘れて、おけいはときどき笑いながら聞いていた。

「縁は不思議なものねえ」

「そうねえ」

「無事だといいけど、力屋さんも、やまとも」

おちよはしみじみと言った。

そうこうしているうちに、二度目の助け椀の順番が回ってきた。

「江戸でいちばんの料理人がつくった鍋じゃ。たんと食うて元気を出せ」

知らないうちに話が大きくなっていた。

「おとうのこと?」

千吉が問う。

「そうよ。おとうはこうやって、難儀をしてる人に鍋をつくってるから、江戸でいちばんの料理人なのよ」

おちよがそう教えると、千吉は大きくうなずいた。

四

「こんなに肩が張っちまったのは久しぶりでさ」

うどん屋の助五郎が肩に手をやった。

「慣れない道具を使ったから、大変だっただろう」

時吉が労をねぎらう。

「ええ。でもまあ、みんな喜んで食ってくれたんで」

助五郎は白い歯を見せた。

「もうあらかた終わりだな。残りは料理人たちで食ってくれ」

鍋をのぞきこんだ武士が言った。

「握り飯がいくらか余った。鍋に入れて、おじやにすれば良かろう」

「料理の礼じゃ。玉子も少し出そう」

「葱も刻んで入れろ」

近江膳所藩の武士たちはそう言ってくれた。

「ありがたく存じます。では、そうさせていただきます」

時吉は頭を下げた。

おじやにはさまざまなうまみが溶けこんでいた。春とはいえ、北風の吹く晩は底冷えがする。あつあつのおじやは何より胃の腑にしみた。

大鍋を囲み、おじやを食しながら、料理人たちは身の上の話をした。

みんな焼け出された者たちだった。話を聞くと、だれもが身一つで逃げてきたらしい。なかには家族の安否すら分からない者もいた。

「消えねえ火はねえんだから」

助五郎がぽつりと言った。

「そうだな。明けない夜もない」

時吉も言う。

「そのとおりで。ここでくじけちまったら、何のためにいままで気張ってきたのか分からねえ」

「大火のたびに、江戸の民は力を出して立て直してきたんだから」

時吉はそう言って、わが身に気合を入れるように腹を一つぽんとたたいた。

「年寄りやおなごやわらべは道場で寝ろ。そのほかの者は、筵《むしろ》を使って庭で休め」

「夜露くらいはしのげるから、それで我慢せよ」

武士たちの声が響いた。

「公儀の救い小屋も、あすからほうぼうに出ると聞いた」

「家を焼かれてしまった者も、気を落とさずに励め」

その声に向かって、両手を合わせる者もいた。

ほどなく、おじやがなくなった。

後片付けを終えると、料理人たちは再会を約して別れた。

「またどこかで、のどか屋ののれんを出すので」

「必ず行きますよ、のどか屋さん」

「世話になりました」

「お達者で」

時吉はおちよと千吉を探した。

かなり時はかかったが、ようやく見つけた。

「おまえさん」

おちよが手を挙げた。

「おとう！」

悪いほうの足を引きずりながら、千吉が近づいてくる。

その姿を見たとき、いままでこらえていたものが急にあふれてきた。

第六章　甘藷粥《かんしょがゆ》

一

一時は下火になりそうだったが、夜中にまた北風が強くなった。

天を焦がす火は、逃げおおせたと安堵した人々に容赦なく襲ってきた。

近江膳所藩の上屋敷は鉄砲洲《てっぽうず》にある。火元は神田川の北だからよほど離れていたが、安閑《あんかん》としてはいられなくなった。

かと言って、もう逃げ場が見当たらなかった。

「あっちにも飛んだぞ」

「なんてこった。佃島《つくだじま》にまで飛び火しやがった」

どこを見ても火だった。深川のほうだけが闇に沈んでいる。そこだけは安全だが、橋が架かっていなかった。永代橋はもっと上手《かみて》のほうだ。

「どうしよう、おまえさん」

おちよがおろおろした声で訊いた。

「無駄に逃げても危ない。ここいらでは、このお屋敷がいちばん広いんだ。ここにいるのがいちばんだ」

時吉はそう答えた。

その判断は正しかった。

火が近づいてくると、だれもが浮足立って逃げたくなる。

「本願寺《ほんがんじ》さまのほうは無事だぞ」

「築地《つきじ》へ逃げるんだ」

人々は算《さん》を乱《みだ》して逃げはじめた。

西本願寺もあるから、いかにもそちらのほうが安全のように感じられた。近江膳所藩の上屋敷を見限り、築地のほうへ向かった者は多かった。

だが……。

風にちぎられた火は、その行く手をいきなりふさいだ。

築地のあたりは、大名より小づくりな武家屋敷が多かった。ひとたび火が出てしまうと、逃げ場はあまりない。そのせいで、また犠牲者が増えた。

しかし、時吉たちのいる上屋敷も無事ではなかった。

「道場に燃え移るやもしれぬ」

「外へ出ろ。建屋からできるだけ離れておれ」

武士たちが声を張り上げた。

屋敷にも消火の備えはあった。だが、竜吐水《りゅうどすい》のたぐいは、文字どおり焼け石に水だった。

それでも、廊下の屋根を先んじて崩すなどの必死の防衛が功を奏した。半ばは焼けたが、なんとか丸焼けだけは免れた。

「消えるぞ」

「佃島の火は消えた」

「もうじき夜が明ける。いま少しの辛抱じゃ！」

寝ずにいる武士たちが叫ぶ。

「消える？　おとう」

千吉が眠そうな目でたずねた。

「ああ、消えるぞ。助かったぞ」

時吉は何度もうなずきながら答えた。

「よく頑張ったね、千吉」

おちよが頭をなでてやった。

「でも、まだまだこれからね……おお、よしよし」

おけいが胸に抱いた赤子をあやす。

「おまえらも、もうちょっと辛抱してくれな。落ち着いたら浅草へ行くから」

時吉は倹飩箱を少し揺らした。

「みゃあ……」

どの猫か分からないが、心細そうななき声が響いた。

二

三月二十二日の朝、大火はようやく鎮火した。

神田佐久間町から出た火は、いくたびも飛び火をしながら江戸じゅうに燃え広がった。東は両国橋の西詰から永代橋の手前まで、西は神田須田町《すだちょう》の西側だけ焼け残り、あとは南へとなめるように焼かれた。南は汐留《しおどめ》あたりまで焼け、海辺の八丁堀《はっちょうぼり》、霊《れい》岸島《がんじま》、鉄砲洲、佃島まで火は広がった。

灰燼《かいじん》に帰したのは、実に南北一里あまり（約四キロメートル強）。焼死者、溺死者併せておおよそ二千人が犠牲になった。

これほどの大火でも、「振袖《ふりそで》火事」などの名はとくにつけられなかった。それほどまでに、江戸では大火が珍しくなかった。

のどか屋の三人とおけいは、二人の赤子と猫たちを連れて浅草を目指すことにした。ただし、千吉を除けば眠っていないし、ずっと火に追われていたから、女たちの足はかなり弱っていた。腹も減っている。その歩みはいたって遅かった。

人の流れに沿って、うわさ話も耳にしながら進む。

「八丁堀にお救い小屋ができたぜ」

「それも、二つもあるぞ」

人々の声が耳に届いた。

「それだけじゃねえ。お救い小屋はほうぼうにできてるそうだ」

「飯だけじゃなくて、銭も恵んでくれるそうだぜ」

「ありがてえ、ありがてえ」

なかには両手を合わせる者もいた。

焼け出された者は数万人にも上った。そういった難民たちのために、公儀による救い小屋がいくつも建てられた。

筋違門《すじかいもん》外に一つ、両国広小路に二つ、常盤橋《ときわばし》外に一つ、江戸橋に一つ、数寄屋橋《すきやばし》外に一つ、八丁堀に二つ、幸 橋《さいわいばし》外に一つ、築地に一つ、神田橋外に一つ、救い小屋は十か所を超えた。

施し物は幕府からばかりでなく、町役人や難を免れた大店《おおだな》からも続々と届けられた。一例を挙げれば、駿河町《するがちよう》の越後屋本店からは干物が五枚ずつ供せられたと伝えられている。

「とりあえず、両国橋のお救い小屋まで行ければ、浅草のおとっつぁんのところが見えてくるわね、おまえさん」

かなり疲れの見える顔で、おちよが言った。

八丁堀の小屋で甘薯粥を食し、いまほっとひと息ついたところだ。

「そうだな。あとちょっとの辛抱だぞ、千吉」

無残な焼け跡を目の当《ま》たりにして、さすがにべそをかいていた千吉は、一つこくりとうなずいた。

「そうそう、たんと呑むのよ」

おけいは向こうむきで赤子に乳をやっている。

長屋に残してきたわが子のことがさぞ気掛かりだろうが、泣き顔を見せずに捨て子に乳をやってくれている。おけいと巡り合わなかったら、二人の捨て子をもてあましていたに違いない。

「おいしい……」

千吉が久々に笑顔を見せた。

甘薯がたっぷり入った粥は、身の隅々にまでしみわたるかのようだった。火は消え、風も収まったとはいえ、焼け跡の空気はまだ冷え冷えとしていた。

「うまいが、ちょいと気になるところもあるな」

時吉は首をかしげた。

「気になるところって？」

おちよが問う。

「塩が足りない。甘薯粥は塩を振ればかえって甘みが出るんだが」

「ああ、そうだね。千吉はわたしがちゃんと見てるから、つくってる人にそう言ってきたらどう？」

「分かった。頼む」

そう言い残して、時吉は足早に鍋のほうへ向かった。

「岩本町の料理人で、時吉と申します」

粥づくりの指示をしている役人に向かって、時吉は告げた。

「料理人か」

「はい。ただいまありがたい甘藷粥をいただきましたが、いくらか塩を足せば、なお味が濃くなろうかと」

「塩を足せば、辛《から》くならないか」

「かえって甘みが出るのですよ。甘藷の甘みが塩によって引き出され、ほっこりとした味になります」

時吉はそう教えた。

「ならば、そなたがつくれ。町人の助けもなくば、なかなか救民もできぬ」

時吉が元武家だったことを知らない役人が言った。

「承知しました。喜んでやらせていただきます」

二つ返事で答えると、時吉はさっそく裏方の手伝いに入った。

甘藷の皮をむく手つきだけで、手だれの料理人と分かる。早くも一目《いちもく》置かれた時吉は、甘藷粥の味つけも任されるようになった。

幸い、上等の塩があった。それを足すだけで、鍋がぐっと引き締まった。

新たな鍋は、焼け出された者たちのもとへただちに運ばれた。

「粥がいちだんとうまくなったぞ」

「並べば何杯食してもよい」

「凄腕の料理人が味つけをやるようになったのじゃ」

役人たちが口々に言った。

「凄腕の料理人って、おとうのことよ、千ちゃん」

おちよが自慢げに言った。

「すごうで、ってなあに？」

千吉が訊く。

「ものすごく上手にお料理をつくれるってことよ」

おちよが教えると、千吉はこくりとうなずいた。

そして、わらべなりに小さなこぶしをつくって言った。

「千ちゃんも、すごうでになる」

それを聞いて、列に並んでいた者たちまで笑顔になった。

「そのうち凄腕になるさ」

「おとっつぁんの背中を見て行け」

あたたかい声が飛んだ。

そのうち、また粥の順番が回ってきた。

「ほんとだ。さっきより甘い」

おけいが目を丸くした。

「黒胡麻も振ってある。清斎《せいさい》先生から教わったとおりね」

おちよもうなずいた。

「おとうのおかゆ、おいしい」

「そりゃあ、凄腕だから」

わが子に向かって、おちよは笑顔で言った。

三

時吉が粥づくりに励んだことは、女たちが足を休めるのにも役立った。

甘藷がいったんなくなったのをしおに粥づくりの場から離れると、時吉はまた合流し、次の救い小屋を目指した。

たった一昼夜で、江戸の町は見るも無残に焼けてしまった。一昨日まではすっかり様変わりしていた。

それでも、なかには飛び火を逃れて残っているところもあった。ことに、難を逃れた社《やしろ》はいかにもありがたいたたずまいだった。

通りかかる者は、必ず足を止めてお祈りをした。

これから先、まだどうなるか分からない。安否の分からない家族や知り合いもいる。人々の祈りはおのずと長くなった。

のどか屋の一行も両手を合わせた。

いちばん長かったのは、おけいの祈りだった。

その唇は、こう動いていた。

(どうか、善松が無事でいますように。また、あの子に会えますように)

その気持ちは、時吉にもおちよにも痛いほど分かった。

千吉もお祈りした。

「じいじのところへ、いけますように」

はっきり声に出して、千吉はそんなお願いをした。

じいじとは、浅草の長吉のことだ。ここからはまだ遠い。

「さあ、行くぞ。日が暮れるまでに浅草へ行かないと、また難儀をする。千吉、背中に乗れ」

時吉はしゃがんで背を向けた。

「おとうがつらいから、千ちゃん、あるく」

「気持ちは嬉しいが、おまえの足だと時がかかる。さあ、乗れ」

時吉が強く言うと、思うように歩けないわが身が悔しかったのか、千吉はやにわに泣きだした。

「泣かなくていいわよ、千吉ちゃん」

赤子を胸に抱いたおけいが優しい声をかけた。

「千吉ちゃんは人の思いが分かるのね。でも、早く浅草へ行かないと。じいじもきっと心配してるわ」

「ずっと見世の前で待ってるかも、おとっつぁん。……おお、よしよし」

もう一人の赤子をあやしながら、おちよが言った。

ほどなく、千吉はやっと泣き止み、父の背に乗った。

「おまえらも、長吉屋の裏に寝どこをつくってやるからな。もうちょっとの辛抱だ」

窮屈な思いをしている猫たちに声をかけると、時吉は倹飩箱をつかんだ。

四

時吉とおちよが焼け出されるのは二度目だ。

途中ではぐれた吉太郎とおとせ、それにのどか屋の客たちの安否が気遣われるが、前の大火のときよりはよほど肝《きも》が据《す》わっていた。

それでも、焼け跡の痛々しさは肺腑《はいふ》をえぐられるかのようだった。のどか屋の休みの日、時吉は折にふれて舌だめしのために江戸のほうぼうの見世を訪れる。なかにはかつて足を運んだ場所もあった。そんなところが焼け焦げて崩れていると、何とも言えない心地になった。

焼け跡で人の名を呼んでいる者もいた。何かに取りすがって泣いている者もいた。正視に耐えない光景だった。

「おとう……」

背の千吉が声を発した。

「なんだい？」

「江戸は、どうなるの？」

千吉にとってみれば、初めての大火だ。焼け跡をながめつづけて、不安に駆られるのは無理もないことだった。

「江戸は、またむかしみたいになるんだ。これまでも、ずっとそうだった」

時吉はそう答えた。

「江戸はなんべんも火事で丸焼けになってきたの。でも、そのたびに、みんなで力を合わせて後片付けをして、またおうちを建て直してきたのよ」

おちよも和す。

「また、江戸になるの？」

千吉はわらべらしい問い方をした。

「ああ、なるさ」

時吉はすぐさま答えた。

「江戸は江戸だ。ほかのものにはなりゃしない。たとえ丸焼けになっても、また江戸になる。江戸は負けず、だ」

「おまえのおっかさんは江戸だね」

おちよが赤子を揺らした。

「おとっつぁんも江戸さ」

　おけいも唄うように言う。

「なら、いっそのこと、江美《えみ》と戸美《とみ》にしようかね。美しいっていう字をつけて。武家の娘みたいだけど」

　おちよはそんな思いつきを口にした。

「ああ、そりゃあいい考えだ」

　時吉はただちに賛成した。

「本当に武家の娘だったのかもしれない。……いや、それならもっといいおくるみに入っていたか」

「そういうことにしておいてやろうよ。深いいきさつがあって預けられたけれど、本当は由緒正しい武家の娘だったことにしておいてあげるの」

「そうね。でも、どこへ預けるつもり？　おちよさん」

　おけいがたずねた。

「とりあえず、おとっつぁんのところね。長吉屋にはお弟子さんがたくさんいるし、ご常連さんも多い。どうあっても子供がほしいっていう人は探せばいると思うの」

「そうだな。大火を生き延びてきた江美と戸美だ。験《げん》がいいから、きっともらい手があるだろう」

「あっ、それに」

おちよが何かにひらめいたような顔つきになった。

「何だ？」

時吉が問う。

「江美は笑いの笑み、戸美はお金の富につながるじゃない」

「笑みと富ね」

おけいが赤子の顔を見て言った。

「よし、決まった。きっとこの子らの先は明るいさ」

時吉も笑みを浮かべた。

それからほどなくして、次の救い小屋に着いた。

難を免れた両国橋の西詰には、大勢の人が押し寄せていた。

「また行列ね」

「仕方ないさ」

千吉を下ろそうとしたのだが、寝息が聞こえたからそのままにしておいた。

施し物の列に並ぶ人々を整理する役人の声を聞きながら、少しずつ前へ詰めている

うち、おちよがふと前のほうを指さした。

「あれは、もしや……」

時吉も目を凝らした。

見間違いではなかった。

救い小屋にいたのは、安東満三郎だった。

五

「そうかい。とにかく、身一つでも助かったのは何よりだ」

あんみつ隠密は言った。

「途中で命が二つ増えたくらいですから」

おちよが赤子を見せ、名前の由来を語った。

「さすがは俳諧をやるおかみだ。洒落《しゃれ》た名をつけるじゃねえか」

「ほかに、岩本町の知った顔には会いましたか？」

時吉はたずねた。

「のどか屋さんが初めてだ。みんな無事だといいがな」

「ご隠居は大丈夫だと思うんですけど」

と、おちよ。

「浅草のほうだからな」

「ええ。わたしたちもこれから浅草のおとっつぁんのところへ行くつもりなんです」

「おう、ここまで来りゃ、浅草なんてもうついそこじゃねえか」

安東は大仰《おおぎょう》な身ぶりをした。

「ところで、安東さまはなぜここにいらっしゃるんで？」

時吉は腑《ふ》に落ちない顔でたずねた。

「非常の時だから、なんでもやらされてるんだ」

あんみつ隠密はそう言うと、いくらか声をひそめた。

「こういった火事が起きると、人の本性ってものがよく出る。わが身をそっちのけで人助けをしようとする者もいれば、その一方で、火事場泥棒を働いたりするふてえやつもいるわけだ」

「すると、こたびもそういう悪いやつが出たんでしょうか」

「出やがったんだ」

安東の長い顔がゆがんだ。

「火が回ってるさなかにそこらじゅうに押し込み、金目《かねめ》のものを手当たり次第に大八車に積んで逃げやがったんだから、ほんとにふてえ野郎どもだぜ」

「大八車に……」

「おまえさん、あのときの」

　おちよが先に思い出した。

「ああ、あのお助けか」

「心当たりがあるのかい」

　あんみつ隠密が身を乗り出してきた。

「ええ。お助けの大八車のふりをして、菰莚《ござ》で荷を隠して通り過ぎていった者たちがおりました」

「赤い旗を立ててたかい」

「はい」

「そいつらだ！」

　安東は大きな音を立てて指を鳴らした。

「すまねえが、人相風体《ふうてい》をくわしく聞かせてくれ。ほうぼうに網を広げて召し捕ってやらあ」

　むろん、望むところだった。時吉とおちよは思い出せるかぎりのことを伝えた。

「ありがとよ。これで網を張れる。捕り物の首尾はのどか屋……」

と、そこまで言うと、あんみつ隠密は珍しくあいまいな顔つきになった。

「たぶん、焼けてしまったでしょう、のどか屋は」

おちよが寂しそうに答えた。

「いや、前にも焼け出されたことがあるんだろう？」

「三河町の茶漬屋から出た大火でやられました」

と、時吉。

「今度も一緒さ。のどか屋は不滅だよ。またどこかでやり直しゃいいさ」

「そうですね。まだ命のたれも残ってますし」

「へえ、瓶にでも詰めて持ち出したのかい？」

「ええ。いまは……」

時吉が指さすと、ちょうど倹飩箱の中からぴちゃぴちゃという音が聞こえてきた。

「全部なめちゃ駄目よ」

おちよが言うと、かたわらのおけいが笑った。

「だめよ」

目を覚まして父の背から下りた千吉が、母の口まねをする。おのずと周りに和気が満ちた。

「中に入《へえ》ってるのか」

　少し驚いたように、安東が言った。

「一匹だけ捕まえられなかったんですが、あとの三匹はここに」

　おちよが答えた。

「守り神もかい」

「ええ、のどかもいますよ」

「なら、安心だ。岩本町でなくても、どこぞの町でまたのどか屋を始められるだろうよ。火が消えたときから、もう立て直しは始まってるんだから」

　あんみつ隠密の声に答えるかのように、倹飩箱の中でまたぴちゃぴちゃという音が響いた。

「なら、千坊、達者でいな」

　安東は千吉の頭をなでた。

「はいっ」

「おお、いい返事だ」

「浅草の長吉屋におりますので。よろしかったら、そちらに」

「とっつぁんのとこだな」

「ええ」

「分かった。捕り物が終わったら、そっちへ顔を出そう。なら、達者で」

さっと右手を挙げると、あんみつ隠密はどこかへ急いで歩きだした。

六

救い小屋では白粥と沢庵を胃の腑に入れた。浅草のさる寺から四樽も届けられた沢庵は、人の情がしみるようなうまさだった。

「さあ、もう少しだ。気張って歩こう」

時吉は女たちを励ました。

「おまえさんは大丈夫?」

おちよが問う。

「若いころに山稽古で鍛えてあるから、これくらいはなんでもないさ」

時吉はそう言って、背中の千吉をゆらした。

浅草の御門へ向かうとき、時吉もおちよも、そしておけいも心が動いた。住んでいたところはどうなっていただろうと思うのは人情だ。

「こうして見ると、あたりいちめん焼け野原ね」

おちよが暗い声で言った。

「いったん落ち着いてから、岩本町を見に行こう」

「そうね」

「おや、あれは……」

時吉は前方を指さした。

柄《え》の長い刺股《さすまた》や鳶口《とびぐち》を手にした者たちが、焼け跡の始末をしている。遠くてはっきり見えないが、揃いの火事装束をまとっているようだ。

「よ組の火消しさんたちだわ」

目のいいおちよが先に気づいた。

「おーい」

時吉が声をかけた。

ほどなく、向こうも気づいた。

かしらの竹一も、纏持ちの梅次も無事だったらしい。

「おお、のどか屋さん、ご無事で」

竹一が近づいて声をかけた。

「どうにか助かりました」

時吉は答えた。

「よ組のみなさんはご無事で？」

おちよが若い衆を見渡して言った。

先《せん》に梯子持ちの若者が火事で落命したことがある。

おまえのことは　忘れぬぞ
おまえのことは　忘れはせぬぞ……

のどか屋の座敷で、全員が涙を流しながら唄ったものだ。

あの日のことが、遠い夢のように思い出されてきた。

「怪我や火傷をした者はいるが、命だけはどうにか」

「それはなによりで」

おちよは笑みを浮かべたが、いつも明るいよ組の面々の顔に喜色はいささかも見えなかった。

無理もない。

懸命につとめたとはいえ、火を消すことができなかった。結局は江戸じゅうを焼く大火となってしまった。夜を徹してのつとめの疲れもあるだろうが、そういった無力感も憂色となって表れているようだった。

「おつとめ、まことにご苦労さまでございます」

それと察して、時吉は言った。

梅次の指示のもと、若い衆はなおも火事場の後片付けを続けていた。

「なんの。せめてこれから働いてお役に立たなきゃ面目ねえ。若いもんにはそう言い聞かせてるんで。……おう、千坊も無事でよかったな」

「はいっ」

千吉は元気よく答えた。

「いい返事だ。その赤子は、双子かい？」

竹一はおけいにたずねた。

「ええ。捨て子だったんですよ。のどか屋さんに拾われて助かったんです」

「おけいちゃんにもらい乳ができたおかげで助かって」

「そりゃあ、人助けをしたじゃないか。これから浅草かい？」

竹一は問うた。

「とりあえず、おとっつぁんのところへ」

おちよが答える。

「まずは落ち着いてゆっくりすることだな」

「岩本町は駄目だったでしょうね」

時吉が機を見てたずねた。

「縄張りが違うから、細けえところまでは分からねえんだが」

よ組のかしらは首をかしげた。

「みんな無事だといいけど……」

おちよの表情が曇った。

「そうだな、おかみ。……ま、そんなわけで」

竹一はさっと手を挙げ、またよ組のもとへ戻っていった。

「気張ってくださいまし」

「また、どこかで」

その背に向かって、のどか屋の二人は声をかけた。

第七章　幸い飯

一

浅草の御門を抜けると、景色はすっかり様変わりした。

神田佐久間町から出た火は神田川を飛び越え、北風にあおられて飛び火を繰り返しながら、江戸の町をなめるように焼きつくしていった。

しかし、浅草は火の筋とは無縁だった。江戸のほかの町はおおむね焼きつくされたというのに、ここだけはまったく昨日までと同じ町並みだった。

ただし、通りを歩く人の数は多かった。縁者や知り合いがいる者は、まずもって浅草を目指す。浅草橋を渡り終えるまでずいぶん時がかかったし、ぎしぎしと音を立てるから、橋が落ちるのではないかと気が気ではなかった。

ようやく橋を渡り終え、ほっとひと息ついた。

「福井町《ふくいちょう》はすぐそこなのに、なかなかたどり着けないわね」

おちよがいくぶん焦《じ》れたように言った。

「焦ることはないさ。ここまで来ればもう大丈夫だ。もうすぐ、じいじに会えるぞ」

時吉は背中の千吉に言い聞かせた。

「うん……おなかすいた」

「長吉屋にはいくらでも食べ物があるからね」

おちよがなだめる。

「旅籠の元締めさんの家が茅町《かやちょう》にあるんです。わたしはまず、そちらのほうへ」

どことなくそわそわした様子で、おけいが言った。

「息子さんが預けられてるといいわね」

と、おちよ。

「ええ。長屋のなかに、元締めさんの住まいを知ってる人がいたので、もしやと思って」

おけいは祈るような面持ちになった。

ちょうど双子が競うように泣き出した。赤子にとっては長い旅だ。

「おお、よしよし。もうすぐおとっつぁんのところに着くからね。乾いたおべべに着替えて、おいしいものを食べようね」

おちよはそう言い聞かせた。

浅草橋の北詰の広場は人でごった返していた。

屋台や路地見世などもとりどりに出ている。

「えー、古着。古着はいかが？　何でもあるよ」

売り声が響く。

屋台ではあたたかい汁が売られていた。蒟蒻《こんにゃく》と芋が入った汁の大鍋の前には、ずらりと長い列ができていた。

「はい、十文、十文。たった十文で、あったかい具だくさんの汁が呑めるよ。これで生き返るよ」

時吉と同じ年頃の男が笑顔で声を張り上げていた。

とりたてて仕入れに銭のかかりそうな具は入っていないのに、汁は飛ぶように売れている。あるじの笑いが止まらなくなるのも当然かもしれない。

「おとっつぁんのところから、ここは近いから」

おちよが声をひそめて言った。

「屋台か」

「そのとおり。すぐ分かったわね、おまえさん」

「そりゃあ、夫婦《めおと》になって長いからな」

時吉が言うと、おちよは笑みを浮かべた。

あたりを見回したところ、本当に着の身着のままで逃げてきて、たった十文の銭すら持っていない人もたくさんいそうだった。そういう者たちは、汁にありついた人々をうらめしげに見つめていた。

そのさまを見ていたのどか屋の二人は心を決めた。

落ち着いたら、ここに炊き出しの屋台を出そう、と。

お代はいらない。気持ちだけでいい。

広場では、ほかにも声が響いていた。

「丑之助《うしのすけ》、丑之助はいないかい？　どうか返事をしておくれ、丑之助はいないかい」

おそらくわが子だろう、しゃがれた声で必死に名を呼ぶ老母の姿が胸に迫った。

人の波を乗り切るのに時はかかったが、ようやく広場を抜けた。

「この向こうの路地なんです」

おけいがいくらか足を速めた。

「赤子はわたしが預かろう」

時吉が手を伸ばした。

「お願いします」

素直に預けると、おけいはおちよに会釈し、速足で路地に向かった。

時吉とおちよが続く。

ややあって、うれしい声が耳に届いた。

「善松！」

おけいの声だ。

「生きてたのね。無事だったのね」

おけいの息子は旅籠の元締めのところへ届けられていたらしい。その弾むような声に、のどか屋の二人は笑みを浮かべた。

「よかったわね、おまえさん」

「ああ、これでひと安心だ」

元締めのもとをたずねると、おけいはまだ乳呑み子の善松を抱きしめ、涙をぼろぼろ流して喜んでいた。情に厚いたちなのか、初老の元締めまでもらい泣きをしている。

「ありがたく存じました。本当に、よかった……」

おけいは真っ赤な目で言った。

「よかったわね、おけいちゃん」

と、おちよ。

「途中からご一緒させていただいていた、小料理のどか屋のみなさんです」

おけいは元締めに紹介した。

「旅籠をいろいろやっております、信兵衛《しんべえ》と申します。たしか、岩本町のお見世でしたね？」

元締めは町の名を口にした。のどか屋の評判はここまで伝わっていたらしい。

「はい、こたびの大火で焼けてしまったでしょうが」

時吉は答えた。

「これからどちらへ？」

「福井町の長吉屋はご存じでしょうか」

おちよが逆に問い返した。

「ええ。いくたびか足を運んで、おいしいものをいただきましたが」

「あそこのあるじの長吉は、わたしの父なんです」

「ああ、そうでしたか」

信兵衛はひざを打った。

「それなら、もう安心ですね」

「岩本町の見世は焼けてしまったでしょうが、実家がありますので、なんとか身を寄せられそうです」

「うちの旅籠も何軒かはやられたでしょう。ただ……」

「ただ？」

時吉は先をうながした。

「親の代から旅籠を受け継いできましたが、いままでもいくたびか火事に遭いました。それでも、そのたびにちゃんと建て直してきたのです」

半ばは自らに言い聞かせるように、信兵衛は言った。

「うちも前に一度、大火で焼け出されてますから」

と、おちよ。

「そうでしたか。とにかく、これはお天道様《てんとさま》との根比べですよ。あきらめたほうが負けです」

旅籠の元締めの声に力がこもった。

「そうですね。あきらめないでやりましょう」

おちよの言葉に、父の背から下りて聞いていた千吉までこくりとうなずいた。

「人の情があるかぎり、江戸の町は負けません」

信兵衛は言った。

「おけいさんの息子さんは、こうして長屋の人が届けてくださった。自分は本所《ほんじょ》に縁者がいるらしいので遠回りなんだがね。わがことは後回しにして、まず善松ちゃんをここへ届けてくれたんだ。そういった人の情がだんだんつながっていくんだね」

「そのあと、無事だったかしら」

おけいは案じ顔になった。

「火の手の上がっている南のほうへは戻らず、川の上手《かみて》から渡って、安全なところをぐるりと回ると言っていたから、まず間違いはないはずだよ」

元締めの言葉を聞いて、おけいは愁眉《しゅうび》を開いた。

「では、われわれは長吉屋に向かいますので」

ずっと倹飩箱に入れられているものたちが抗議のなき声をあげたのをしおに、時吉は言った。

「じゃあ、気をつけて」

おけいが笑顔で言った。

「おけいちゃんも」

「落ち着いて、大きくなったら、千吉ちゃんに遊んでもらうのよ、善松」

そう言われても、赤子は泣くばかりだった。

「千吉も、あいさつは？」

おちよにうながされたわらべは、いささか場違いなことを口走った。おかげで、場に和気が満ちた。

あいさつと言われた千吉は、元気よくこう叫んだのだ。

「まいど、ありがたくぞんじました！」

二

「ほら、そこの角を曲がったら、おとっつぁんのお見世だからね」

また泣き出した赤子に向かって、おちよが言った。

「おお、よしよし」

左手で赤子を抱え、右手で猫入りの倹飩箱を提げる。背には千吉を負うているから、時吉は手一杯だ。

そして、角を曲がった。

「炊き出しは出ていないわね」

おちよが言った。

「でも、無事だな」

ほっとする思いで、時吉は言った。

そのうち、若い衆が打ち水のために見世先に出てきた。大火をあおる風は吹きすさんだが、雨はあいにく降ってくれなかった。

おちよの姿を見ると、若い衆はあわてて見世に入った。

「おとっつぁんを呼びに行ったんだわ」

おちよの言うとおりだった。

のれんをくぐる前に、長吉があわてて飛び出してきた。

「千吉！」

時吉が背から下ろした孫の名を呼ぶ。

「無事だったのかい、千吉……じいじは、案じてたんだぞ」

長吉の目尻からほおへ、うれし涙が伝わっていく。

「じいじ、じいじ」

千吉も祖父の胸に飛びこんだ。

「孫しか見えてないの？　おとっつぁん」

そのさまを見ていたおちよが言った。

「馬鹿、見えてるさ。案じてたんだぞ、おまえら」

長吉はそう言って、さっと目元をぬぐった。

「ところで、その赤子は何だ。まさか、おめえがいきなり産んだとか……」

「そんなはずないじゃないの。おなかは大きくなってなかったし」

少しあきれたようにおちよが言った。

「逃げてる途中で、捨て子を拾ったんです。とりあえず、こちらで育てて、もらい手を探そうかと」

時吉はそう言って、ずっと提げていた倹飩箱を下ろした。

みゃあ、となき声が響く。

「猫を入れてきたのかい」

「うん。一匹、捕まらなかったけど。裏手に後架《こうか》をつくってやって、飼ってもいいよね」

「ああ、いいぞ。とにかく、上がって休め。疲れただろう」

長吉の表情が、やっといくらかやわらいだ。

三

「さあ、たんとお呑み」

おちよがたっぷり水が入った平皿を差し出した。

倹飩箱から出された猫たちは、しばらく体をなめたり、尻尾の先をふくらませたり、警戒する様子だったが、のどかが先鞭《せんべん》をつけると、ぴちゃぴちゃと音を立てて先を争うように水を呑みはじめた。

「悪かったな、窮屈で。どこぞへ逃げるんじゃないぞ。ほら、食え」

時吉は煮干しを与えた。

これも競うようにはぐはぐと食べる。

「いっぱいお食べ。ここはあんたたちのおうちだからね」

窮屈な思いをさせてきた猫たちに向かって、おちよはやさしい声をかけた。

のどか、ちの、ゆき。

倹飩箱で運ばれてきた三匹の猫たちは、腹がくちくなると、思い思いに伸びをした。

箱から出したとたんにどこかへ逃げて行きはすまいかと案じていたのだが、どうもそんな元気はないらしい。ようやく体を伸ばせてほっとしたのか、おちよが按配した寝所の臭いをひとしきりかぐと、猫たちはほどなく丸まって寝てしまった。

「これでひとまず安心ね」

猫たちを指さし、おちよが言った。

「まさか、前ののどか屋へ帰ろうとはしないだろう」

「猫には縄張りがあるから、うかつにふらふら外へは出ないでしょう」

おちよがうなずく。

千吉の姿はなかった。半ば予想されたことだが、長吉が離そうとしなかった。

長吉屋はのれんを出していた。むろん、仕入れどころではなく、凝ったものは出せないが、常連客が頼ってくるかもしれないと考えて見世を開けておくことにしたのだ。

おかげで、何人も無事な姿を見せてくれた。そのなかには、おちよの俳諧の師匠の大橋季川も含まれていた。隠居の無事を聞いて、時吉もおちよも胸をなでおろした。

「あとは、岩本町へ様子を見に行かなきゃな」

時吉が言った。

「とにかく、明日ね。家へ帰ったら、どっと疲れが出てきて」

と、おちよ。

「そうだな。今夜はゆっくり休もう。炊き出しなどは、それからだ」

ほどなく日が暮れて、長吉屋はいつもより早じまいをした。千吉はさすがに疲れが出たのか、床をのべるとすぐ寝てしまった。

時吉とおちよは、長吉がつくった菜飯《なめし》を食べながら、いろいろと話をした。

どこをどう逃げてきたのか、夜はどこで明かしたか。知った顔には会ったか。救い小屋の様子はどうだったか。

「とにかく、助かってよかったじゃねえか。その身が一つありゃあ、いくらでもやり直せる」

ひとわたり話を聞き終えた長吉は、励ますように言った。

「ひと晩寝たら、また前を向いて歩きだすわ。……この菜飯、おいしい」

おちよはそう言って、また木の匙を口に運んだ。

「ろくに食材が入らねえから、まかない料理だがよ。漬物のために、大根は多めに仕入れてあったから」

と、長吉。

「ほんとに、腹の底から力がよみがえるような飯です。この塩気がいい」

時吉も菜飯を口に運んだ。

「屋台でふるまうのは、この菜飯でもいいかもしれないね、おまえさん」

おちよが水を向けると、時吉はすぐさま乗ってきた。

「そうだな。疲れた身には、こういう飯がいちばんだ」

「玉子が入りゃ、まぜてやるといい。身の養いになる」

と、長吉。

「胡麻も振りましょう」

「孫の『ご』だからね」

おちよが笑みを浮かべた。

「なんでえ、そりゃ」

「身の養いになる食材は『孫はやさしい』と憶えればいいの」

「へえ」

「このあいだ読んだ書物に記してあったんです」

そう前置きすると、時吉はくわしい講釈をした。

ま（豆）

ご（胡麻）
わ（若布などの海藻）
や（野菜）
さ（魚）
し（椎茸などの茸）
い（芋）

身の養いになる食材のかしらの一文字をつないでいけば「孫はやさしい」になる。

「そのうち、のどか屋で全部入った孫膳を出そうっていう話をしてたんですが、こんなことになってしまいました」

時吉は短いため息をついた。

「なるほど、孫膳か。いい思いつきじゃねえか」

長吉がうなずく。

「力屋さんが見えたら、お教えしようって言ってたんだけど」

のどか屋の猫だったやまとが入り婿になった力屋は馬喰町の飯屋だから、おそらく火の筋にかかってしまっただろう。無事を祈るしかなかった。

「ま、とりあえずは大根の菜飯だな。大根はまだまだあるから、おまえらが屋台の炊き出しをやるなら好きなだけ使いな。て言うより……」

長吉は座り直して続けた。

「おれもひと肌脱いで、うちの若い衆も駆り出して総出でやりゃあ、ちったあ世のためになる。明日からやるか？」

「でも、岩本町がどうなったか気になるので」

おちよが首をひねった。

「途中ではぐれてしまった者もいるので、安否が気がかりです」

時吉も憂い顔で言う。

「分かった。なら、あさってからにしよう。ほかに、いまの孫膳で入れられるものは入れてやろう。豆ならある」

「それだと、もう菜飯じゃないわね」

と、おちよ。

「もともと、大根の皮もたくさん使ってるんだがな。まかないだから」

長吉の大根菜飯のつくり方はこうだ。

まず、大根の皮を食べよい一寸ほどの細切りにして油で炒める。皮がすきとおってきたら、今度は葉だ。これは細かく刻んで入れる。

葉に火が通ってきたら、小技の見せどころが来る。

具を鍋の端のほうに寄せ、真ん中を舞台のごとくに空けてやる。そこに登場する主役は醬油だ。醬油をいくらか焦《こ》がしてから具にまぜると、格段に風味が増す。

それから飯を入れる。大鍋を両手で振りながら素早くまぜると、ぱりっとうまい菜飯の出来上がりだ。

「おお、そうだ」

時吉がひざを打った。

「何か思いついたか、時吉」

長吉が少し身を乗り出してきた。

「『菜』という字のたたずまいは、何がなしに幸いの『幸』という字に似てます」

「『菜』と『幸』……」

おちよが指を動かす。

「たしかに、どちらも人が立って歩いてるみたい」

「そっくりってわけじゃねえけどな」

長吉が腕組みをした。

「『菜』は笠をかぶって歩いてる人ね。『幸』は蓑をまとってる」

おちよは俳諧の心得のある者らしい見立てをした。

「どっちも難儀をして、どこかへ逃げる途中なのかもしれねえな」

と、長吉。

「では、菜飯じゃなくて、幸い飯にしましょう」

時吉が言った。

「食べた人に幸いが訪れるようにと、願いをこめて、幸い飯ね」

「そうだな。思いをこめて、しっかりつくろう」

「よし、決まった」

長吉は腕組みを解き、一つぱんと手を拍《う》った。

「若い衆にも言っておこう。身内の安否が知れねえやつだっている。見世の厨にいたんじゃ落ち着かねえだろう。あさっては休みにして、総出で炊き出しだ」

「分かったわ。幸いをたくさんふるまわないと」

おちよはそう言って笑った。

「ところで、拾った双子の件ですが」

話が一段落したところで、時吉が切り出した。

「いつまでも桶屋の女房に頼るわけにはいかねえからな」

長吉は言った。

見世の斜向かいに桶屋がある。そこの女房には乳呑み子がいるから、もらい乳をするためにとりあえず預けてあるのだが、あまり無理も言えない。

「だったら、だれか当てはあるの？　おとっつぁん」

おちよが訊く。

「薬研堀《やげんぼり》の銘茶問屋の井筒屋《いづつや》さんは、浅草の並木町《なみきちょう》にも出見世を出してるほどのあきないぶりだが、子はできなかった。そこで、身よりのない子をいくたりか引き取り、わが子として育ててきたんだ」

「なるほど、その井筒屋さんのところへ、江美と戸美を」

「一度に赤子が二人ですから、どうでしょうか」

時吉が首をかしげた。

「これまでも、育ってきた子をよそへ養子に出したことがあるそうだ。あるじもおかみも有徳《うとく》の人で、神信心も兼ねて、ひそかに徳を積むために恵まれない子を育てているそうだから、まさか嫌とは言われねえだろう」

長吉がうなずく。

「大火のなかを生き延びてきた、その名も『笑み』と『富』なんだからね」

と、おちよ。

「並木町の出見世に寄った帰りにうちののれんをくぐってくれるから、すぐ話をしてみよう」

「先に出見世に話をしておいたら？　行き違いになったら困るし、なるたけ早いほうがいいよ」

「分かった。明日にでも井筒屋へ行ってくる。料理にも使えるから、うめえ茶を買ってくらあ」

長吉はそう言って、ぽんと一つ腹をたたいた。

第八章　涙の一枚板

一

「千ちゃんも、いく」

　おちよから「お留守番」と言われた千吉は、にわかにぐずりはじめた。

「千吉は留守番だ。じいじと一緒にいい子にしてろ」

　時吉はさとすように言ったが、千吉は首を縦に振らなかった。

「だって、のどか屋へいく」

　そう言って譲らない。

「のどか屋は焼けちゃったのよ。その後片付けに行くの」

「まだどこかぶすぶす燃えてるかもしれないから、近づくと危ない。千吉は浅草で留守番をしてるんだ」

おちよと時吉が言うと、わらべの目からぽろぽろ涙があふれだした。

「のどか屋は、やけてないもん。ちゃんとあるもん」

千吉が泣きながらそう言うから、時吉もおちよも胸が詰まった。

「あるな、のどか屋は」

長吉も瞬きをしながら言った。

「おめえの心の中に、ずっとのれんを出してるんだ、のどか屋は。千吉は岩本町ののどか屋で生まれ育ったんだから」

「そんな……泣かせるようなことを言わないでよ、おとっつぁん」

おちよは泣き笑いの表情になった。

「とにかく、ここでいい子にしてな。猫たちと遊んでやれ」

時吉が言うと、千吉はようやくこくりとうなずいた。

三匹の猫たちは勝手が違うようで、しきりにほうぼうに身をこすりつけたりしていたが、とりあえずさと水と後架《こうか》のあるここがねぐらだと料簡《りようけん》したらしい。どこかへ行ってしまわないようにと、寝心地の良さそうなものをおちよがあれこれと持ってきたおかげもあって、いまはみな丸まって寝ている。ひとまず心配はないだろう。

「じゃあ、そろそろ行こうかね、おまえさん」

おちよがうながした。

「ああ」

時吉は倹飩箱を手に取った。

昨日は猫と命のたれが入っていたが、今日は焼け出された人にふるまうためのおにぎりが詰まっている。

命のたれは猫たちにずいぶんなめられてしまったが、わずかに残っていた。ここから少しずつ継ぎ足していけば、また命がよみがえるだろう。

「じいじと待ってよう、千吉。おとうとおかあは、これから困ってる人を助けに行くんだから」

まだべそをかいているわらべを、長吉がなだめた。

「ほとけさま？」

涙をふいて、千吉がたずねた。

「そうよ。これから岩本町へ仏さまをしに行くのよ」

おちよが言うと、何を思ったのか、千吉はやにわに目を閉じて両手を合わせた。

二

見慣れた町が、すっかり様変わりしてしまっていた。

時吉もおちよも、胸ふさがれる思いで住み慣れた町を歩いた。

「遠くまで見えるな」

時吉が西のほうを指さした。

いちめんの焼け野原だ。なかには半焼けで残っている家もあるが、あらかた崩れているから、ずいぶん遠くまで見渡すことができた。

「ほんと……なつかしい町が」

おちよは言葉に詰まった。

恐る恐る道をたどり、のどか屋があったところへ近づいていく。役に立たなかった天水桶《てんすいおけ》が半焼けになっているさまが物悲しかった。

そして、のどか屋に着いた。

「駄目だったわね」

おちよが喉の奥から絞り出すように言った。

時吉がうなずく。

岩本町の角でのれんを出していたのどか屋は、ほかの家ともども、丸焼けになってしまっていた。

「とにかく、入ってみるか」

倹飩箱を置くと、時吉は焼け跡に足を踏み入れた。

竈《かまど》も、檜の一枚板も焼けていた。

さまざまな料理を置き、客と語らってきた一枚板が崩れ落ちているさまを見て、時吉は言葉をなくした。

少し焼け残ったところに浮かぶ木目が哀れに見えた。これから時が経つにつれて、使えば使うほどに風格を増していったはずの一枚板は、見る影もなく崩れていた。

おちよは生《い》け簀《す》に向かって両手を合わせた。もちろん、魚も焼け死んでいた。

「これはまだ使えるな」

時吉は出刃包丁を取り上げた。

使える道具があれば、持ち帰って手入れをするつもりで、大きな袋を背負ってきた。

言わば、岩本町ののどか屋の形見のようなものだ。

「使えそうなものがある？」

　おちよが問う。

「ああ。火の回りがよほど速かったんだな。まだらに焼け残っているところがある」

　気を取り直し、焼け跡を子細に検分しながら、時吉は答えた。

「妙な言い方だけど、火の出水《でみず》みたいなものだったのね」

「そうだな」

「座敷もこんなになっちゃって」

　暗然とした顔で、おちよが指さした。

　思い出がたくさん詰まった座敷は、無残にも焼けただれていた。崩れた二階に半ば覆われ、元の姿はほとんど失われてしまっている。

「ここへ建て直すか、よそを探すか、思案のしどころだな」

　また一つ、魚の鱗《うろこ》取りを拾い上げて、時吉は言った。

「そうね。できれば町と一緒に建て直したいけど」

　変わってしまった周りを見ながら、おちよが答えたとき、向こうからいくたりか人影が現れた。

「おや、あれは……」

　目のいいおちよが気づいた。

なじみの大工衆だ。

「おーい」

時吉が大きく手を振ると、向こうも気づいた。

「のどか屋さん」

「無事だったかい」

大工衆はわらわらと駆け寄ってきた。

「そちらも、ご無事で?」

おちよがたずねた。

「若い衆が一人、逃げ遅れて死んじまってよ」

かしら格の大工が眉間にしわを寄せた。

「まあ、それは……」

おちよの表情も曇る。

「愁傷なことで」

時吉が頭を下げた。

「のどか屋さんのほうは……」

大工の一人が急にあいまいな顔つきになった。

「あっ、千吉は無事なんです」

それと察して、おちよが答えた。

「いまは、浅草のおとっつぁんのところに身を寄せてるので」

「そうかい。そいつぁ、ほっとしたな」

「安心したぜ」

「ただ、吉太郎さんとおとせちゃんと一緒に逃げてたんだけど、途中ではぐれちゃって……」

「『小菊』の二人かい」

「ええ」

「湯屋の寅次さんもずいぶん案じてた」

「寅次さんは無事なんですね？」

時吉が問うた。

「ああ、湯屋はなんとか半焼けで止まったから、さっき建て直しの相談をしてきたところさ。負けちゃいられねえ、ってえれえ鼻息だった」

「町じゅうを動き回ってるから、だれが無事でどこにいるか、みんな湯屋のあるじの耳に入《へえ》ってくるだろう」

「そのうち、ここにも来るさ」

「分かりました」

「で、のどか屋さんは同じとこに建て直すのかい？」

かしら格の大工が焼け跡を指さしてたずねた。

「まだそれどころじゃないので」

「明日から炊き出しの屋台をやるんです。まずはそれを一生懸命やります。今日は、これを持ってきました」

おちよは倹飩箱からおにぎりを取り出した。

「自分のことは後回しか。のどか屋らしいな。ありがてえ、いただくぜ」

「おいらも」

「腹が減ってたんだ」

次々に手が伸びる。

「炊き出しはどこでやるんだい？」

「浅草橋の北詰で」

「御門を入ったところだな」

「ええ」

「なら、また顔を出すぜ」

「建て直すときは、おれらが気張ってやるんで」

「また、のどか屋のうめえ料理が食いてえな」

「食えるさ。二代目も無事だったんだ」

大工衆は口々にそう言ってくれた。

「気張ってやってくださいまし」

「どうかお気をつけて。槌音《つちおと》がみなの励みになるので」

大火の後は、何と言っても大工衆の働きが頼りだ。

のどか屋の二人も励ましの言葉を送って見送った。

三

通りかかった人々におにぎりをふるまいながらさらに後片付けを続けていると、猫のなき声が聞こえた。

「みけ？」

おちよが振り向いて声をかけた。

だが、ほどなく視野に入ったのは、似ても似つかない柄《がら》の猫だった。

「みけは無事だったかしら」

おちよは案じ顔で言った。

「前の大火のとき、のどかも無事だったじゃないか」

「たしかに、そうだったけど」

「きっと無事でいる。そのうちどこかで見つかるさ」

半ばはわが身に言い聞かせるように、時吉は言った。

おちよはうなずいたが、なお晴れない顔つきだった。

また猫がなく。親とでもはぐれてしまったのか、物悲しいなき声だ。

「みけや、戻ってきておくれ」

おちよがどこへともなく言った。

「ほかのおともだちは、みんな長吉屋にいるよ。ゆくえの知れないのはおまえだけだよ。また、おなかの上でふみふみしておくれ。ごろんをしたらおなかをなでてあげるから、のどをごろごろ鳴らしておくれ。いいかい、みけ……」

だんだん声がかすれてきた。

時吉も「もうよせ」とは言わなかった。思いは同じだったからだ。

ほどなくして、寅次と富八が連れ立って姿を現した。

「無事で何より、のどか屋さん」

湯屋のあるじが声をかけた。

だが、その顔には、柄に合わない憂色がこめられていた。

「そちらこそ。もう湯屋を建て直す算段を始めたと、大工衆から聞きましたよ」

時吉は笑顔を見せたが、寅次の表情は晴れないままだった。

「おいらのことは、べつにいいんだがね」

「おとせちゃんたちに、何か？」

おちよがたずねた。

「いや、あいつの消息はまだ分からねえ。どこでどうしてることやら」

寅次は腕組みをした。

もう一人、いつもと違う顔つきをしている者がいた。

気のいい棒手振りの富八だ。

いつも明るい男が、何とも言えない表情をしているのを見て、時吉は吐胸《とむね》を突かれた。

「ひょっとして、家主さんが……」

違う、と言ってもらいたかった。早とちりだ、という答えを望んだ。

だが、野菜の棒手振りは首を横には振らなかった。

「店子《たなこ》を助けようとして、火の中へ戻って行ったんでさ」

富八はそう言って唇をかんだ。

「源兵衛さんが……」

おちよは絶句した。

隠居やあんみつ隠密などと並んで、ついこのあいだまで一枚板の席で楽しく酒を呑んでいた。あの人情家主が死んでしまったというのか。

「つれえことになっちまった。情に殉じたって言うのかねえ」

寅次は何とも言えない顔つきになっていた。

「まだ落ち着いてねえから、弔いも出せねえんですが」

「ほかに亡くなった人は？」

おちよが問う。

「家主さんを入れて、長屋で三人も死んじまいました。おいらだけ、おめおめと生き残っちまって」

富八が吐き捨てるように言った。

時吉の視野に、また一枚板が映った。

いまは焼け崩れてしまった一枚板の席に、人情家主はいくたび座ってくれたことだろう。どれほど楽しい話を聞かせてくれたことだろう。

そう思うと、あの温顔がありありと思い出されてきて、わずかに残っていた木目の模様がにじんでぼやけた。

一枚板も、そこで涙を流しているように見えた。

「ほかの町の人はどうなんでしょう、寅次さん」

おちよはまた案じ顔になった。

「そのあたりをばたばた動いて、いまたしかめてるところなんだ、おかみ。うちの家族や手伝いの者は、おとせをべつにしたらみな無事だったんだがね」

「いまご家族はどちらへ？」

「竜閑町《りゅうかんちょう》に弟が住んでるんで、そこへ厄介になってる。なに、またすぐ建て直してやるさ。火になんか負けてたまるかってんだ」

岩本町の名物男は力こぶをつくった。

「竜閑町っていえば、おまえさん」

「ああ。前の三河町の大火では、安房屋《あわや》のご隠居さんが亡くなってしまった。そして今度は……」

「源兵衛さんまで」

おちよの声が沈む。

「生き残った者で、町を建て直していくしかねえや。それがせめてもの供養っていうもんだ」

寅次はそう言ってうなずいた。

「さっきまで、そんな話をしてたんでさ」

富八が言った。

「湯屋が建て直ったら、湯につかって『ああ、生き返った。これからもやるぞ』っていう気分になってくれるだろう」

と、寅次。

「おいらが仕入れてきたうめえ野菜を食ったら、きっと元気が出るはずさ」

富八はそう言ってうなずいた。

「そうやって、またこの町を、そして江戸を建て直していかなきゃ、死んだ家主さんなどが……浮かばれねえじゃないか」

寅次が袖で目元をぬぐう。

「こうしてのどか屋の焼け跡に立ってると、ああ、あのとき源兵衛さんは、あんな顔で、あんなことを言って……」

おちよが声を詰まらせた。

「この一枚板の席で、あんな料理を喜んで召し上がってくださったなと……」

時吉が焼け崩れてしまったものを指さす。

「目を閉じたら……いや、閉じなくたって浮かんできまさ、家主さんの顔が」

「人はたとえ死んでも、また残された者の心のなかで生きはじめるんだ。その思い出は、もう二度と消えることはない」

時吉がそう言うと、野菜の棒手振りは感慨深げにうなずいた。

「まったくそのとおりで」

「とりあえず、できることから一つずつやっていくしかねえな。その先に……」

そこまで言ったとき、寅次の顔つきが変わった。

ひょいと右手を挙げ、仏像のように固まる。

目を見開く。

「どうしました？」

おちよが訊いた。

時吉は振り向いた。

湯屋のあるじが固まってしまったわけは、すぐさま分かった。

「おとっつぁん！」

娘のおとせが、そう叫んで駆け寄ってきた。

四

おとせばかりではなかった。吉太郎も無事だった。

「おめえ、無事だったのかよ」

寅次とおとせはその場で抱き合って喜んだ。

のどか屋の二人と富八が思わずもらい泣きをしたほど、胸に迫る光景だった。

「はぐれちゃったあと、どうなったかずっと案じてたのよ」

おちよが吉太郎に言った。

「こちらもです。もうとにかく、火と煙から逃げるのに必死で」

「ゆうべはどこで寝たんだ？」

時吉がたずねた。

「芝神明《しばしんめい》の境内までたどり着いたんで、そこで夜を明かしました。ろくに寝られやしなかったんですが、とにかく町が気になって……」

吉太郎はそう言って、のどか屋の焼け跡を見渡した。

「『小菊』も焼けてしまいました。また出直しです」

かつてのどか屋で修業をした若者の瞳には、たしかな光が宿っていた。

これなら大丈夫だ。またすぐ立て直せる。のれんを出せる。

時吉はそう思った。

「おめえ、ややこは大丈夫か？　腹が痛くなったりしなかったか？」

のどか屋では見せなかった顔で、寅次はたずねた。

「うん、大丈夫」

おとせがうなずく。

「そりゃあ、よかった」

父は安堵のため息をついた。

「身一つがありゃあ、いくらでもやり直せる。無事でよかったな、おとせ」

寅次はそう言って、いくたびも目をしばたたかせた。

そのとき、吉太郎の腹がぐうと鳴った。

「何か食べた？　吉太郎さん。あいにく、持ってきたおにぎりはあっという間になくなっちゃったんだけど」

いち早く気づいたおちよがたずねた。

「昨日から、芝神明で炊き出しの芋鍋をちょっと食っただけでして」

吉太郎は手で腹を押さえた。

「そいつぁいけねえ。まず食わなきゃ力が出ねえぜ」

富八が言う。

「なら、鎌倉河岸《かまくらがし》に弟のなじみの見世があるから、そこで腹ごしらえをしよう。ゆうべから炊き出しもやってるから」

寅次が言った。

「人手が足りないのなら、いくらでも手伝いましょう。昨日からそういったお助けをやっていたもので」

時吉は少し張りのある二の腕をぽんとたたいた。

「のどか屋は焼けたって、あるじもおかみも健在だ。これからも、うめえもんをつくってくれ」

湯屋のあるじの言葉に時吉はうなずき、また崩れた一枚板に目をやった。

そして、何かを思い切るように言った。

「では、まいりましょう」

五

源兵衛の訃報を聞いて、おとせも吉太郎も何とも言えない表情になった。

延々と焼け跡が続く。ふだんは陽気な寅次と富八も、言葉少なに歩を進めていた。

「このあたりも、全部やられてるな」

時吉は暗然たる顔でぽつりと言った。

紺屋町《こんやまち》の三丁目の角に稲荷《いなり》神社がある。その木造りの鳥居も焼け崩れていた。

その稲荷の前で、両手を合わせて懸命に拝んでいる女がいた。寅次も声をかけなかった。いきさつを訊けば、きっとつらい答えが返ってくるだろう。

焼け跡のほうぼうで動く影があった。ただ片付け物をしているだけか、亡くなった者の遺品を探しているのか、それだけでは分からない。

「三河町にお見世があったら、昨日の大火には巻きこまれなかったわけね」

おちよが行く手をふと指さして言った。

「岩本町にいたら、前の大火からは逃れられてた」

　時吉が苦笑いを浮かべた。

「てことは、何かのいきさつがあって、岩本町から三河町へ移ってたら、二度も焼け出されることはなかったわけか」

　寅次が言う。

「でも、それは後知恵みたいなもんだから。人に分かるわけがないんだし」

「そうだな。うしろを見ても仕方がない」

　時吉はおちよに言った。

「ほんと……いちめんの焼け野原」

　後方をちらりと見て、おとせがつぶやいた。

「ややこが育ってわらべになったら、教えてやろう」

　吉太郎が気の早いことを言い出した。

「どう教えるの?」

　おとせが向き直って問う。

「おまえが生まれた年に大火があって、見世も焼かれてしまったけれど、いまはこんなに繁盛してるって。岩本町も、江戸の町も、あの焼け跡から見違えるように立ち直ったんだって」

　吉太郎はそう言ってうなずいた。

「じゃあ、やっぱり同じとこに建て直すわけね」

　おちよがたずねた。

「もう少し広い見世に移れないかって、吉太郎さんと相談してたんです。その矢先の火事で……」

　おとせが言った。

「いまの……って、焼けてしまったけれど、『小菊』は間口が狭くて、一枚板の席しかお客さんに入っていただけませんでした。のどか屋さんくらいの間取りがあれば、座敷でいくらでも宴を催せるのにと思っていたんです」

「たしかに、せっかくの細工寿司の腕があるんだから、お座敷できれいなお料理を並べたいわね」

　と、おちよ。

「ええ、そうなんです。それに、厨も手狭なので、竈《かまど》を増やしてほかにも料理の幅を広げたいと」

「お持ち帰りのほうは売り子さんを雇って、見世のほうに力を入れられればっていう話をしてたんですけど……」

「なーに、いまからでも遅くないさ、おとせ」

父が明るい声をつくって言った。

「燃えちまったら、いっそさっぱりするぜ。一からやり直すしかねえんだからな。どこぞにいい見世があるさ」

「それだったら、おまえさん」

おちよが時吉の袖を引き、声を落として言った。

「うちは岩本町でお世話になったけれど、あの町で生まれたわけじゃない。千吉をべつにすれば」

「なら、のどか屋のあとに？」

時吉とおちよは小声で相談を続けた。

「おとっつぁんは人の脈を持ってるから、そのうち見世にいいところは見つかると思うの。のどか屋はそこでやり直して、岩本町の角のところは新たな『小菊』に」

「なるほど、それも一つの考えだ」

「まあ、うちのほうがうまく収まらないと困るけど」

「まずはそれからだな」

話はそこで一段落した。

しばらく焼け跡が続いたが、ある筋を境に景色が変わった。そこから西は、まったく同じたたずまいだった。

筋違橋御門《すじかいばし》のある繁華な八辻ケ原《やつじがはら》から、南々東の方角へ延びていく通りがある。須《す》田町《だちょう》から始まるその広い道を、火は飛び越すことができなかった。

「通り一つ隔てるだけで、まるで地獄と極楽だな」

寅次がそう言って瞬きをした。

「ほんに、家並みがまぶしいくらいで」

と、おとせ。

「津波なんかでもそうなるって聞いたことがありまさ。死んだ家主さんに教わったんですが」

富八がまた何とも言えない顔つきになった。

通りには大八車が行き交っていた。人も多い。

「八辻ケ原で炊き出しをやってるぜ」

「ただで食わしてくれるのかい？」

「おう。そう聞いた」

急ぎ足で歩く職人風の男たちが、そんな話をしていた。

「どうする？　吉太郎さん」

おとせが問う。

「近いほうがありがたいな」

「それに、ただだしな」

寅次もそう言ったから、一行は八辻ケ原に向かった。

いつもは大道芸人なども出る華やかな場所だが、さすがに大火の後で、雰囲気は様変わりしていた。

焼け出されて行き場をなくした人々が、どこからか支給された筵《むしろ》の上で思い思いに寝ている。そこここで響くわらべの泣き声が哀れを誘った。

「おお、あれだな、炊き出しは」

寅次が指さした。

行列が長く延びている。その先にある大きな鍋から湯気が上がっているのがかすかに見えた。

施しの椀を手にした者たちが、道端で思い思いに食している。空になったら、また列に並ぶ者も多かった。

「椀の中身は何だい？」

　通りかかった職人風の者たちに、時吉はたずねた。

「おでん鍋でさ。焼き豆腐とか蒟蒻《こんにゃく》とかいろいろ入《へえ》ってて、うめえのなんの」

「豆腐屋がやってるそうで、いい品を使ってまさ」

「惣菜の煮豆ものせてくれますぜ」

「これがまたうめえんだ」

　口々に返ってきた言葉を聞いて、おちよは前をじっと見た。

「やっぱりそうだわ。相模屋《さがみや》さんよ」

「ああ、本当だ。代蔵《だいぞう》がやってる」

　時吉も気づいた。

「手伝ってるのは、代蔵さんのお嫁さんとおつうちゃんね」

　おちよは笑みを浮かべた。

　神田多町《たちょう》の源兵衛店《だな》にある相模屋は、のどか屋とは深い縁のある豆腐屋だ。

　先代の惣助《そうすけ》は後顧の憂いをすべてなくして大往生を遂げ、跡を継いだ元左官の代蔵がうまい豆腐をつくりつづけていると聞いた。

「そうだな。信太《しんた》は養菜屋《ようさいや》で煮豆をつくってるんだろう」

「火が回らなくてほんとによかったわね。信太さんは足が悪いから」

おちよは心底ほっとしたように言った。

惣助の息子の信太は、のどか屋で修業をした。時吉の弟子のようなものだ。料理の腕を磨いて惣菜屋を開き、ずいぶんと繁盛しているといううわさだった。

信太の嫁のおつうは、のどか屋でお運びをしていた。のどか屋が取り持つ縁で夫婦《めおと》になったのだ。

豆腐屋はなかなかに力仕事だ。足の悪い信太では荷が重いので、人を見込まれた代蔵が跡継ぎとなった。その代蔵もいつしか嫁を見つけ、一家でこうして炊き出しの鍋を出している。時吉もおちよも感慨深げな面持ちになった。

「おつうちゃん」

おちよが声をかけて手を振ると、おつうは鍋をよそう手を止めた。

「まあ、おかみさん」

「ごめん、続けて。大変ね」

おちよは身ぶりを交えて言った。

「あっ、のどか屋さん、ご無沙汰しております」

代蔵もいい声を響かせた。

「ああ、偉いね、炊き出しとは。信太も達者か？」

時吉がたずねた。

「ええ、幸い、うちには火が回らなかったので……」

代蔵はそこであいまいな顔つきになった。

「のどか屋はまた焼けてしまったよ」

それと察して、時吉は告げた。

「災難なことで……」

代蔵は頭を下げた。

「またすぐ建て直すから」

ふるまいの手が止まったのを見て、おちよが明るく言った。

ほどなく、順番が回ってきた。

「おお、こりゃあ具だくさんでうまそうだな」

寅次がのぞきこんで言った。

「煮豆は入れますか？」

おつうが吉太郎に訊いた。

「はい。たっぷりください」

吉太郎はすぐさま答えてつばを呑みこんだ。

みなに行き渡ったから、空いている筵に座って食した。

「こりゃあ、うめえ。里芋がほっこりしてら」

野菜の棒手振りらしく、富八はまずそれをほめた。

「厚揚げがしみるねえ。江戸のだしだよ、こりゃ」

寅次がうなる。

「焼き豆腐もおいしい。ぷりぷりしてる」

おとせも和した。

「相模屋さんの井戸は天下一だから」

かつての「結び豆腐」の一件を思い出しながら、おちよが言った。

「煮豆もちょうどいい加減だ。切り昆布も入ってるから、身の養いになる」

時吉がうなずく。

「師匠がそう言ってたと、信太に伝えてやりまさ」

「さすがは養菜屋ののれんを出してるだけのことはあるな。焼け出された人たちのために、今後もしばらく体にいいものをつくってやれ、と伝えておいてくれ」

「承知しました。あ、そういえば、清斎先生も焼け出された人たちのために診療をされていると聞きました」

　養菜屋という名は、時吉と清斎がともに考えたようなものだった。陰陽《いんよう》五行説《ごぎょうせつ》に基づく薬膳に通じた青葉清斎は、かつてはのどか屋の知恵袋の一人だった。

「ということは、羽津《はつ》さんも？」

　おちよが訊く。

「奥様も無料で診療されてるそうです。……はい、しばしお待ちください」

　なおも手を動かしながら、おつうが答えた。

「だったら、念のために診てもらったらどうだい、おとせ。清斎先生の奥様は産科の先生だから」

「うちの千吉も、羽津さんが取り上げてくださったの」

　吉太郎とおちよが言うと、おとせはすぐさまうなずいた。何よりも大事なのは、これから生まれてくる子供の命だ。

「では、皆川町《みながわちょう》へ」

　時吉がうなずいた。

「ごちそうさまでした。おいしかったです」

　おちよが下から椀を捧げるようにして返した。

「達者でやりな」

寅次が声をかけた。

「養菜屋で野菜が要り用なら、すっ飛んでくるからよ」

富八が笑う。

「伝えておきます。なら、お達者で。またのどか屋ののれんが出たら、豆腐を運んで行きまさ。どうか気を落とさずにやってくださいまし」

代蔵からは、逆に励まされてしまった。

列はまだ長く延びていた。

次の鍋が煮える、いい香りが漂ってきた。

そのだしの匂いにも見送られて、一行は皆川町に向かった。

第九章　火事場だまし

一

「はい、ややこは元気ですよ」

触診を終えた羽津が笑みを浮かべた。

「こんな大火のあとだけれど、できるだけ身の養いになるものを食べて、体をいたわりながら過ごしてください」

「はい、ありがたく存じます」

おとせはていねいに頭を下げた。

「千吉ちゃんにどこかお変わりはありませんか？」

羽津はおちよにたずねた。

「ええ、のどか屋が焼けてしまったので、今日は朝からめそめそしてましたけど」

「無理もありませんね」

女医の眉が曇る。

「でも、そのうち建て直しますから」

おちよはさきほどと同じことを言った。

いくたびも「建て直す」と言っているうちに、「よーし、やるわよ」という気力もわいてくる。

「元気を出してください」

羽津に励まされて、産科の診療所を後にした。

青葉清斎は診療所の前に鍋と長床几《ながしょうぎ》を出し、弟子たちと力を合わせて人々に薬湯をふるまっていた。

「おお、のどか屋さん、ご無事で」

薬膳の師匠とも言うべき総髪の医者が、時吉に声をかけた。

「なんとか逃げられました。焼け出されてしまいましたが」

時吉が答えた。

清斎は黙ってうなずいた。

「いま羽津さんにおとせちゃんを診てもらってきたところなんです。ややこを身ごもっているので」

　おちよが告げる。

「そうでしたか。ややこは元気？」

「はい、おかげさまで」

　おとせは頭を下げた。

「それもふるまいものですね、先生」

　寅次が鍋を指さした。

「あまりおいしくはないかもしれませんが、血の道の巡りを良くし、五臓六腑の底のほうから力を与える薬湯です。よろしければ、どうぞ」

　本道（内科）の医者が鍋を示した。

　清斎の診療所の庭ではさまざまな薬草を育てている。同じ皆川町に診療所を構え、羽津に産科の教えを伝授した名医、片倉鶴陵《かたくらかくりよう》先生も庭で薬草を育てていた。それを範とし、清斎も折にふれて自家栽培の薬草を用いて薬湯を煎じていた。

「なら、いただきます」

「おいらも、一杯」

富八も手を伸ばす。

一同はみな白い器に入った茶褐色の薬湯を呑んだ。

「ちょっと苦いね」

吉太郎が顔をしかめた。

「それがいいのよ」

と、おとせ。

「良薬は口に苦し、って言うからな。……ま、うまくはねえけどよ」

寅次が小声で言い添えたから、場に和気が満ちた。

ほかにも薬湯を所望する者たちがいた。まだ北風は冷たい。たとえ口に苦くても、一杯の暖を求める者は少なからずいた。

ここでも、さまざまな人間模様が垣間《かいま》見えた。

薬湯を呑み終えたある女は、器を戻すときに涙を流した。

清斎が穏やかにわけを問うと、女は少しためらってから答えた。

「火の回りが速くて……あの子を助けられなかったんです。あとで、亭主も焼け死んだと聞きました。わたしだけ生き残ってしまって、こんなあったかいものを呑ませてもらって……」

あとは声にならなかった。

あまりにも痛々しくて、かける言葉がなかった。

清斎は二杯目の椀を差し出した。

「もう一杯、お呑みなさい。この薬湯は心の痛みもやわらげてくれますから」

女はすぐに受け取ろうとはしなかった。手で顔を覆って泣いていた。

「これは、亡くなった人たちの分です。背負ってしまった荷物はさぞや重いでしょうが、天は背負える者にしかつらい荷を与えないのです。亡くなったご家族の分まで、つらいでしょうが、前を向いて、一歩ずつ歩んで行ってください。それが、何よりの供養になると思います」

一言《いちごん》一言をかみしめるように、清斎は言い聞かせた。

女はうなずき、両手で椀を受け取った。

死んだわが子と亭主の名を何とも言えない声音で呼ぶと、女は二杯目の薬湯を一気に呑み干した。

そして、深々と頭を下げ、いずこかへ歩きだした。

肩を落としたその背に向かって、おちよが声をかけた。

「負けないで」

女は振り向き、ひと呼吸のあと、懸命に笑みを浮かべた。

忘れがたい笑顔だった。

二

清斎のもとを離れた一行は、鎌倉河岸のほうへ向かった。

その途中で、また一人、なつかしい顔に会った。

鎌倉町の半兵衛《はんべえ》親分だ。

のどか屋が焼けたと聞いて、親分の端正な顔がゆがんだ。

「それは災難でござんしたね」

「いや、うちは見世が焼けただけで、身は助かったので」

「ほんに、大変な火の勢いでした。焼かれなかったのが相済まねえほどで」

大火の後でもすきのない着こなしの親分は、そう言ってわずかに身をかがめた。

「なに、無事が何よりですよ。ここいらは焼かれなくてようございました」

おちよが言った。

「へい。先代からよくご存じの安房屋さんも、見世の前で施しの鍋をやってますよ」

「新蔵《しんぞう》さんが？」

時吉が問う。

「張り切って仕切ってまさ」

容子《ようす》のいい親分の顔に笑みが浮かんだ。

安房屋の先代の辰蔵は、しばしば季川とともにのどか屋の一枚板の席で酒をくみかわしていた。関八州《かんはっしゅう》の醬油酢廻りと称した隠居の知恵には、時吉とおちよもずいぶん助けてもらったものだ。

その隠居が先の大火で亡くなったあと、立派に醬油酢問屋を継いだ新蔵が、いま施しの鍋を出しているらしい。

「だったら、顔を出してきますよ」

おちよが答えた。

「行く先々で物を食ってたら、もう見世に行かなくてもいいいな。弟のところにも食い物はあるからよ」

寅次が言った。

「そうね、早く横になりたいし」

と、おとせ。

「ややこのためにも、早めに休んだほうがいいね」

　吉太郎がうなずいた。

「ときに、ちょいと……」

　半兵衛が時吉の袖を引いた。

「これだけ焼けても、火事場で何か盗《と》ってやろうっていう野郎は跡を絶ちません。もし見かけたら、町方や火消し衆にでもお知らせくださいまし」

「お助けを装って大八車で盗みをしていた一味がいたんだ。それはもう、町方の上役みたいな役人に告げてあるんだが」

「さようですか。なら、そのうちお縄になるでしょう。ほかにも、情に訴えて助金《すけがね》を募ってわが巾着に入れようっていう野郎どもとか、いろいろわいてきやがってるようなんで」

「分かった。目についたら懲《こ》らしめてやろう」

　時吉は昔の癖で、つい左の腰に手をやった。

「では、どちらさんもお達者で。ご機嫌よろしゅう」

　いくらか芝居がかった口調で言うと、鎌倉町の半兵衛はさっと裾をからげ、裏地の朱色をひらめかせながら去っていった。

三

親分の言ったとおりだった。

醬油酢問屋の安房屋の前でも、大がかりな炊き出しが行われていた。

「いい香り……」

おちよが手であおぐ。

「いい醬油や味醂をふんだんに使えるからな」

時吉はそう言って、いくらか足を速めた。

「芋鍋でございます。大根も入っております。いくらでも召し上がってくださいまし」

ややかすれた声を張り上げている男がいた。

あるじの新蔵だ。

「あっ、これは……」

安房屋のいまのあるじはほどなく時吉たちに気づいたが、笑顔にはならなかった。

竜閑町まで足を運び、施しの鍋に近づいているということは、すなわち、昨日の大火で焼け出されてしまったということだ。

「炊き出し、ご苦労さまだね」

時吉が声をかけた。

「はい、せめて手前どもにできることをしたいと思いまして。先の大火では、父を亡くしてしまったものですから」

新蔵は澄んだ目で答えた。

「焼けちゃった一枚板を見ているうち、辰蔵さんのことが思い出されてきたわ」

おちよがしみじみと言った。

「さようですか、岩本町は……」

「町じゅうほとんどやられちまった。うちは湯屋だが、半焼けで止まってまだしもだったよ」

寅次が伝えた。

「ま、とにかくそれを一杯くんな」

富八が手を伸ばした。

「あ、はい、承知しました」

新蔵は我に返ったような顔つきになり、安房屋の若い衆をうながして椀に鍋の中身をよそわせた。

　芋も大根もよく煮えていた。ただ、欲を言えば、煮詰まりすぎて味がむやみに濃くなっていた。

「味はいかがでしょうか」

　時吉の表情を察したのか、新蔵が声をかけた。

「いくらか濃いね」

「やはりそうでしたか。少々案じていたのですが」

　新蔵は額に手をやった。

「疲れている身には、濃いくらいがいいのかもしれないが、煮詰まってやわらかくなると、どんどん味を吸ってしまうからね」

「なら、おまえさんが次の鍋の按配をしてあげたら？」

　おちよが水を向けた。

「ああ、それはぜひにお願いいたします。餅は餅屋にお願いするのがいちばんでございますので」

　新蔵が頭を下げた。

「分かった。じゃあ、さっそく」

大根を胃の腑に落とすと、時吉は鍋に歩み寄った。

「おいらも手伝いますよ。芋の皮をむきましょう」

吉太郎が腕まくりをした。

「飾り切りとかはいらないからね」

おとせが声をかける。

「分かってら」

吉太郎は笑みを返した。

「よし、おとっつぁんは呼びこみでい」

娘に言うと、寅次はやおら前に進みいで、手をぽんと打ち合わせてから口上《こうじょう》を述べだした。

「さあさ、皆の衆。ここは竜閑町、江戸じゅうに聞こえた醬油酢問屋、天下の安房屋の施し鍋だ」

話に下駄を履かせながら、思いつくままに言葉にする。

「鍋の味つけは、岩本町が誇る小料理のどか屋のあるじだ。江戸一の味がただで食えるぜい」

「『小菊』も忘れないで」

おとせが声をかけた。

「おう」

と、右手を挙げて続ける。

「忘れちゃいけねえ、もう一人、芋の皮をむきだしたのは、岩本町の湯屋の向かい、細工寿司なら江戸一の『小菊』のあるじ、吉太郎でい」

調子のいい口上に、列に並んでいた者たちから拍手がわいた。

吉太郎が包丁を動かす手を止めて礼をする。

「実を言やあ、のどか屋も『小菊』も焼けちまったんだ。おいらの湯屋も半焼けだ。生まれ育った岩本町は、見るも無残な焼け野原になっちまったんだよ。町のほまれの人情家主の源兵衛さんも、長屋の店子を助けようとして死んじまった」

その言葉を聞いて、在りし日の源兵衛から受けた恩を思い出したのか、富八がまたおいおい泣きだした。

「だがよ、岩本町は負けねえぜ。負けるもんかってんだ、馬鹿野郎」

寅次の声の調子が高くなった。

「この江戸の町に生まれたんだ。焼け出されるのは覚悟のうえよ。焼かれたら、なんべんだって建て直してやらあ。いまに見てろってんだ」

「おう、気張れよ、おいさん」

「負けんな、岩本町」

列のなかから声が飛んだ。

「ありがとよ」

再び手を挙げて応えると、岩本町の名物男は続けた。

「負けるもんかい。生き残った者で建て直さなきゃ、死んだ者らに申し訳が立たねえ。まったくよう、いい人ばっかりが死んじまってよう……おいらみてえなお調子もんが生き残っちまってよう……神も仏もねえもんかって思うがよう、ちくしょうめ」

寅次は泣き笑いの表情になった。

そして、絞り出すようなひと言でだしぬけに口上を終えた。

「みんな、気張れ！」

盛大な拍手がわいた。

「気をもらったぜ、おいさん」

「こっちも気張るぞ」

「気張らいでか」

声が飛ぶ。

寅次は着物の袖で顔を覆い、ゆっくりと戻ってきた。

「お疲れさま、おとっつぁん」

おとせが声をかけた。

「おう……」

父と娘の目と目が合う。

どちらの目も、真っ赤になっていた。

四

「じゃあ、ゆっくり休んでね」

おちよがおとせに言った。

「ほんとに、いろいろとありがたく存じました」

「ありがたく存じます」

吉太郎と並んで頭を下げる。

ほどなく、寅次が戻ってきた。

「話をつけてきたぜ。しばらく弟の家でゆっくりしな。ちょいと狭《せめ》えかもしれねえが」

「ありがとう、おとっつぁん」

「何を他人行儀な」

寅次は苦笑いを浮かべた。

「では、われわれは浅草へ戻ります」

時吉が告げた。

「福井町の長吉屋にいるから、落ち着いたらたずねてきて」

おちよも和す。

「お達者で」

「またお会いいたしましょう」

鎌倉河岸の角で、のどか屋の二人は寅次たちと別れた。

そのまま焼け跡を突っ切って浅草へ戻る気にはなれなかった。

「お参りに寄っていくか」

「そうね」

それで話が通じた。

二人がお参りに寄ったのは、出世不動だった。

三河町に見世があったときはもちろんのこと、岩本町に移ってからも、折にふれてここへ詣でてきた。のどか屋の二人にとってみれば、どんなに名の通った神社仏閣より心のよりどころとなる場所だった。

時吉とおちよの祈りは、いつもより長かった。

死者の冥福を祈り、さまざまな願いごとをする。おのずと祈りは長くなった。

両手を離すと、おちよはうしろを見た。それから、深いため息をついて言った。

「みけはいないわね」

かつて、この出世不動でのどかと再会したことがある。もしや、同じことが起きるのでは、と期待したようだ。

「どこかで生きてるかもしれない。まだ望みはある」

「でも、帰ってきても、のどか屋は焼けちゃったし、えさをやる人もいないし、困り果ててると思うの、あの子……」

おちよの表情がまた曇った。

出世不動を出た二人は、しばらく無言で歩いた。

ほどなく、行く手にまた焼け野原が見えてきた。

「浮世から地獄を通って、また浮世へ戻るみたいだな」

半ば独りごちるように、時吉は言った。

その地獄の入口、鍛冶町《かじちょう》一丁目の角に行列ができていた。

「あれも施しかしら」

おちよが瞬きをする。

だが、施しにしては妙だった。鍋のたぐいは見当たらない。

そのうち、声が聞こえてきた。

「こちらは駿河町の越後屋でございます。このたびの大火で難に遭われた皆様に、心よりお見舞い申し上げます」

調子のいい声が響いてくる。

「金一朱《きんいっしゅ》をお持ちではありませんか？　一朱金をお出しいただいた方には鑑札をお渡しいたします。みそかを過ぎ、月が替わりますれば、駿河町の手前どものところへお持ちくださいまし。一両小判に替えさせていただきます」

二人の男が代わるがわるに声を張り上げていた。

「手前ども駿河屋では、江戸じゅうで施しの鍋を出させていただくことにしております。これから、野菜などの食材の買い付けにまいるところですが、あいにく当座に融通できるお金が足りません」

「そこで、皆様にお力添えを願いたいと考えました。ほうぼうの救い小屋で、篤志の方々から一朱金が支給されているかと存じます。それを手前どもに預けていただければ、鑑札をお渡しいたします。来月になれば、それが一両小判になるのです」

男の声の調子が高くなった。

「一朱金が一両小判になるって？」

「そいつぁ豪儀じゃねえか」

「十六倍だぜ、十六倍」

「こんなうめえ話はねえや」

「それに、施しの鍋に化けるんだ。陰徳まで積めるぜ」

まるで待ち受けていたかのように、前のほうに陣取った者たちが口々に言った。

「さようです。十六倍のもうけと、施しの陰徳。一挙両得でございますよ」

「さあさ、出したり出したり！」

そろいの法被《はっぴ》姿の男たちが言った。

丸に井桁三。

三井《みつい》家の紋所が入っている。のちに三越《みつこし》となる駿河町の呉服屋、越後屋の見世先では見慣れたものだった。

「おお、出さいでか」

「おいら、ちょうど一朱金をもらったばかりなんだ」

「みそかまでなんとか辛抱すりゃあ、一両に化けるんだからな」

「こりゃあ、うめえ話だぜ」

人々は先を争って巾着の紐をゆるめはじめた。

そこへ、声がかかった。

「ちょいと待ちな」

鋭い声を発したのは、時吉だった。

「その鑑札を見せてみな」

法被姿の男に向かって言う。

「何かご不審な点でも？」

男はあいまいな顔つきで答えた。

「いいから見せろ」

珍しく凄んでみせると、時吉は木札を一枚取り上げた。

「数字しか書いてないな。これじゃ、そのへんの湯屋にだってあるぞ。本当に越後屋の鑑札なら、しっかりと屋号が彫りこまれているはずだ」

時吉はそう喝破《かっぱ》した。

いくらか離れたところで、おちよがかたずを呑んで見守っている。

「するってえと、偽者か？」

「おれらをだまくらかして、一朱金をせしめようっていう魂胆《こんたん》じゃねえだろうな」

たちまち場がざわつきはじめた。

「よう、てめえ、おれらに因縁をつけるつもりかよ」

「越後屋の法被を着てるじゃねえか。本物じゃなきゃどうするよ」

前のほうにいた者たちの顔つきが変わった。

「おまえらはサクラだな。こいつらの言うことを信用するんじゃないぞ」

時吉は皆の衆に言い渡した。

「越後屋といえば、公儀の両替商もつとめている大店《おおだな》だ。そんな大きな身代が、野菜の買い入れをする金に詰まるはずがない。越後屋の法被だけどこからか調達してきた火事場だましだ」

時吉はそう断言した。

「くそっ、もうちょっとでだまされるとこだったぜ」

「なめたまねをしやがって」

「火事場だましか。ふてえやつらだ」

欲に駆られていまにも一朱金を差し出しそうだった者たちは、やっとおかしいと思い当たったようだった。

「よくも邪魔しやがったな」

地金《じがね》がのぞいた。

「かまうもんか、やっちめえ」

「おう」

サクラをつとめていた者たちも面を脱いだ。

ある者は棒を、またある者は匕首《あいくち》を抜いて、やにわに時吉めがけて襲いかかってくる。

「ちよ、逃げろ！」

人質に取られたらたまらない、時吉はおちよに鋭い声をかけると、体《たい》を開いて棒の一撃をかわした。

群がっていた者たちが我先にと逃げる。とばっちりを受けでもしたら大変だ。

おちよも逃げた。その目に、ほどなく刺股《さすまた》のようなものが映った。焼け跡の向こうのほうに、火消し衆がいる。

「火事場だましだよ！　加勢をお願い！　悪党がここにいるよ！」

精一杯の声で叫ぶと、刺股が左右に揺れた。幸い、すぐ気づいてくれた。

「辻番に知らせてくるぜ」

「おう、焼け残った近くの辻番へ急げ」

「この道を突っ走って行け。八辻ケ原《やつじがはら》の辻番がいちばん近《ちけ》え」

皆の衆も捕り物に加わってきた。

一方、時吉は徒手空拳《としゅくうけん》だった。

敵の棒や刃物をかわすしかなかった。つい昔のならいで左腰に手が伸びるが、むろんそこに刀はない。

「死ねっ」

伸びてきた匕首をかわすと、時吉は素早く敵の腕を抱え、渾身の力をこめてねじりあげた。

ぼきっ、とひじが折れる。

「ぐわっ！」

恥ずべき火事場だましは、肺腑を抜かれたような悲鳴をあげた。

うしろから棒を振り上げて襲ってきた賊がいた。

二本差しの大和梨川藩士、磯貝徳右衛門《いそがいとくえもん》のころ、時吉は厳しい鍛練をし、家中では右に出る者のない遣《つか》い手となった。その稽古の蓄えはまだ残っていた。

たとえ背に目はついていなくても、一瞬の気配で分かった。

さっと身をかわすと、時吉のうしろあたまに命中するはずだった硬い樫《かし》の棒は、同じ越後屋の法被をまとった男の額を物の見事に打ち割った。

今度は悲鳴ももれなかった。ゆっくりと仰向けに倒れていった火事場だましは、それきり二度と起き上がらなかった。

「火事場だましめ、神妙にしろ」

刺股や鳶口《とびくち》を手にした火消し衆がわらわらと駆けつけてきた。

丸に、よ。

よ組のほまれの半纏が日の光に輝く。

「まずい。逃げるぜ」

「おう」

棒を握っていた男を先頭に、火事場だましの連中はあわてて逃げ出した。

「御用だ」

「御用」

その行く手を町方がふさいだ。

越後屋の名をかたり、濡れ手で粟《あわ》のもうけを企てた恥ずべき者どもは、ほどなくすべてお縄となった。

「おまえさん、怪我は？」

おちよが駆け寄ってきた。

「ああ、大丈夫だ」

時吉は右手を挙げて応えた。

第十章　大根の声

一

「じいじと見世にいなさい、千吉」

またわらべが一緒に行くとだだをこねたから、おちよがきっとした顔つきで言った。

「だって……」

千吉が洟《はな》をすすった。

「だって、じゃありません。あんたは足手まといになるだけなんだから」

「あしでまとい、って、なあに？」

「邪魔になるってこと」

そう言われた千吉は、またわんわん泣きだした。

「そんなきついことを言うなって」

孫には甘い長吉がおちよをなだめる。

「でも、邪魔には違いないんだから」

「まあ、たしかにな。よし、千吉」

長吉は腰をかがめ、孫の目をまっすぐ見て言った。

「あとで大根と干物を干すのを手伝ってくれ。それだって施しみてえなもんだ」

そう言われた千吉は、やっとこくりとうなずいた。

初めのうちは、長吉屋総出で施しの屋台を出すつもりをしていたのだが、弟子が多いからそれではかえって手が余る。のどか屋のほかに身を寄せてきている者もいるから、屋台組と見世組に分けることにした。

見世でも施しはできる。表に貼り紙を出しておけば、通りかかった者はのれんをくぐってくれるだろう。

「干物の紐は高いところに張ってね、おとっつぁん」

「猫か」

「そう。ぴょんぴょん跳んで取ろうとするから」

「分かった」

猫は家につくと言うからまだ案じていたのだが、人と同じように焼け出された三匹の猫たちは、のどか屋を探しに行くこともなく長吉屋でおいしいえさをもらってのんびりしていた。これならもう安心だ。

時吉は見世の若い衆とともに炊き出しの段取りを整えていた。

ふるまうのは幸い飯ばかりではない。外はまだ風が冷たいから、あたたかい汁物もあったほうがいいだろう。

大根の葉と皮は幸い飯に使う。あとの身を味噌汁の具にすればうまく回る。

赤味噌を多めにした合わせ味噌にすることで話が決まった。大根のほかの具は、豆腐と油揚げと長葱だ。汁も具も惜しまずたっぷり盛る。

長吉屋のほうではおでんと茶飯を用意していた。

おでんにも厚切りの大根が入る。弱火でことことと煮たおでんの大根はことのほかうまい。

ほかに、長吉屋自慢の手づくりさつま揚げ、細かく包丁を入れた蒟蒻《こんにゃく》、やわらかくゆでた蛸《たこ》、ほどよい焦げ目のついた焼き豆腐などがとりどりに入っていた。

茶飯はおでんにいちばん合う。

茶は銘茶問屋の井筒屋の出見世から仕入れてきた。駿河の川根《かわね》から来た香ばしい茶だ。

例の「笑み」と「富」の件は出見世の番頭に伝えておいた。あるじの手が空けば、長吉屋に姿を見せるだろう。

ほどなく、段取りが整った。

幸い飯と具だくさんの味噌汁。

見世をなくしたのどか屋の屋台が、ゆっくりと動きはじめた。

二

「福がつく幸い飯と、あったかいお味噌汁ですよ。お代は無用です。さあ、どうぞ召し上がれ」

おちよが笑顔で言った。

浅草橋の北詰で屋台を出すや、香りと湯気に誘われた者たちが次々に現れ、たちまち行列ができた。

「はい、お待ち」

時吉は気の張った声を出した。

大きな鉄鍋を振りながら、鮮やかな手つきで幸い飯をつくる。焦がし醬油の風味が豊かな大根菜飯に胡麻をふんだんに入れ、玉子をからめた自慢の焼き飯だ。

「うめえ。飯粒がぱらぱらしてら」

「味もいいぞ。醬油の香りがぷーんとしてよう」

「こりゃ、いくらでも胃の腑《へえ》に入るな」

評判は上々だった。

だが……。

それを快く思わない者たちもいた。

のどか屋の屋台が出る前、近くで味噌汁が売られていた。同じ大根でも、向こうが透けて見えそうなほど薄い具に、湯にいくらか味がついた程度の汁だが、一杯十文を取っていた。

ところが、のどか屋の屋台が出たせいで、にわかに閑古鳥《かんこどり》が鳴きだした。人相の悪い者たちが、とうとう堪忍袋の緒を切ったように詰め寄ってきた。

「やい、てめえ、だれに断ってここに屋台を出してんだ」

「おめえらのせいで、こちとら、あきないが上がったりじゃねえかよ。どう落とし前をつけてくれるんでい」

それを聞いて、おちよがきっとした顔になった。

「あきないですって？　いまは焼け出されて十文のお金もない人だっているのよ。おなかを空かせて、具合の悪くなった人だっているのよ。なのに、あんたらはあきないが大事なの？」

たたみかけるように言う。

「すっこんでろい、大年増《おおどしま》」

「なめた口を利くんじゃねえや」

「おれらのうしろにゃ、怖《こえ》え兄《あに》さんがたがいるんだぜ」

悪相がさらにゆがんだ。

「それを言うなら、うちのうしろには公儀の役人がいるぞ」

あんみつ隠密の顔を思い浮かべて、時吉が助太刀に出た。

「あんまりあくどいあきないをしていたら、お縄にしてもらうからな」

「何があくどいあきないだよ。おれらの鍋に因縁をつける気かよ」

「ちゃんとした味噌汁をつくって、たった十文で売ってたんだぜ。施しみてえなもんじゃねえか」

「そんないいちゃもんをつけやがって、ただで済むと思うな」

片方の男が凄んだとき、思わぬ助け舟が出た。

「どこがちゃんとした味噌汁なんでい。おいら、両方呑んだからすぐ分かるぜ」

「おう、おいらもだ。湯と変わらねえようなもんに十文もつけやがって、ふてえのはおめえらのほうじゃねえか」

「具もちょびっとしか入ってねえ。こっちのどっさり入った味噌汁を見習えってんだ」

「しかも、こっちはただだぜ。施しでやってくれてんだぜ」

「お天道《てんと》さまはお見通しだ。あこぎなあきないはやめときな」

ほうぼうから声が飛んだ。

多勢に無勢だった。

「ちっ」

悪相の男は聞こえよがしの大きな舌打ちをした。

「おう、よそへ行くぜ。……覚えてろ!」

捨てぜりふを残すと、薄い味噌汁を売っていた連中はそそくさと立ち去っていった。

三

具や汁や飯が足りなくなるたびに、若い衆が長吉屋まで走ってくれた。向こうのおでん茶飯も大好評で、のどか屋の屋台と梯子《はしご》をする者も多かった。

いくたびか目に若い衆が戻ってきたとき、一緒についてきた人影があった。

その姿を見るなり、おちよが声をあげた。

「まあ、師匠！」

時吉も気づいた。

「ご隠居、よくご無事で」

その声に応えて、温顔の季川が手を挙げた。

「大変だったね」

息を含む声で、隠居は言った。

「なんとか逃げてきました。のどか屋は焼かれてしまいましたが」

「源兵衛さんが亡くなってしまったそうじゃないか。長吉さんから聞いたよ」

季川は何とも言えない顔つきになった。

「ええ。店子さんを助けようとして亡くなったそうです。おいたわしいことで」

「情に殉じた、と言えばいいのかね。源兵衛さんらしい人生の幕引きではあったと思うんだが……」

隠居は言葉を呑みこんだ。

その先をどう言おうとしたのか、時吉にもおちよにもおおよその察しはついた。

「とにかく、一杯召し上がっていってくださいましな。いまは、この屋台がのどか屋ですから」

おちよが笑みを浮かべた。

「それなら、ちゃんと列に並ぶよ」

「知り合いなら、ようがすよ。ここへ入ってくだせえやし」

左官とおぼしい男が身ぶりで示した。

「いやいや、それには及ばないよ。俳諧でもこしらえながら待ってるさ」

「へえ、俳諧師でらっしゃるんで。そいつぁ豪儀だ」

「何が豪儀なもんかい。何の足しにもなりゃしないよ」

そんな調子の掛け合いで、場にそこはかとない和気が生まれた。

やがて列が少しずつ短くなり、隠居の番になった。

飯と椀を一時《いちどき》に持つと両手がふさがってしまうから、思い思いに近くに腰を下ろして食す。

「どっこいしょ、と」

掛け声をかけて、隠居はのどか屋の二人から見えるところに座った。

ややあって、おちよは気づいた。

師匠が泣いている……。

幸い飯と味噌汁を食しながら、季川は涙を流していた。

器を返しに来るとき、隠居は照れ笑いを浮かべた。

「源兵衛さんにも食べさせてあげたかったと思ったら、なんだかたまらなくなってしまってね」

おちよはしんみりとうなずいた。

「でも、うまかったよ。長くこの味を忘れない人も多いんじゃないかな。いちばんつらいときに食べたうまいものは、心にしみるものだから」

季川の言葉を聞いて、周りから声が飛んだ。

「おいらも忘れねえ……ほんに、食わしてやりたかったよ」

職人風の男がだれを亡くしたのか、あえて問う者はだれもいなかった。

「なら、師匠、ここで一句」

場が湿っぽくなったので、おちよがやや強引に言った。

「えっ、ここでかい？」

隠居は少し眉間にしわを寄せた。

「できれば、元気が出るような発句《ほっく》がいいですね」

おちよが笑う。

周りから拍手もわいた。

「そうかい、なら……」

隠居はしばし考えてから、手のひらを風にかざして言った。

春風は幸ひ飯の一粒に

いまはまだこんなに風は冷たいけれど、やがては心地いい春の風になる。そのあたたかい風は、焼け出されてしまった人にも御恩のように吹く。

幸い飯の一粒を、江戸の民の一人一人に見立てた句だった。

「じゃあ、おちよさん、手が空いたところで付けてくださいよ」

隠居がうながした。

「そうねえ……」

味噌汁をよそいながら、おちよは思案した。

椀に満たされたものを見たとき、だしぬけに言葉が流れてきた。

おちよはそれを素直に口にした。

暗い夜にも水は流れる

いまの世はこんなに暗いけれど、それでも水は流れている。来《きた》るべき立て直しの世に向かって、少しずつ動き出している。

長い夜が明ければ、日の光に照らされて、また水は光る。江戸は負けず、その時はそう遠くあるまい。

そんな願いをこめた付句《つけく》だった。

「いいね」

隠居はうなずいた。

おちよは黙って頭を下げた。

四

また近々、長吉屋に顔を出すと告げて、隠居は去っていった。

それと入れ替わるように、また一人、見知り越しの男が顔を見せた。

馬喰町の一膳飯屋、力屋のあるじの信五郎《しんごろう》だ。

「力屋さん、ご無事で」

時吉が声をかけた。

「見世はやられてしまったんですが、今戸《いまど》の縁者のもとへ家族で身を寄せてます」

昔は飛脚《ひきゃく》で鳴らした力屋のあるじが言った。

「そうですか。うちも焼け出されて、ちよの実家《さと》に身を寄せてます」

「そうでしたか……あっ、そうそう、のどか屋さんからの入り婿のぶちも無事でしたよ」

「まあ、やまとが」

おちよの顔がぱっと輝いた。

「今日、焼け跡の片付けをしてたら、にゃあ、っていう声が聞こえましてね。えさをくれ、と」

「よかった、無事で」

　おちよは胸に手をやった。

「肩にのせて今戸まで運ぼうかと思ったんですが、どうやらつれあいを探しているみたいで、嫌がるんですよ」

　信五郎はややあいまいな顔つきで言った。

「無事だといいですね」

「で、えさは？」

　幸い飯の鍋を振りながら、時吉は短くたずねた。

「施し物の干物があったので、ぶちにやってきました。明日また何か持って行ってやるつもりです」

「ということは、同じところに建て直すわけですね？」

「そのつもりで、大工衆にも話をつけてきました。順番がすぐ回ってくればいいんですが」

「それは素早い。うちはまだ決めかねてます」

　時吉はそう言っておちよを見た。

「同じところにのれんを出せば、前のお客さんにも喜んでいただけるとは思うんですけど、まだとてもそこまで考えが回らなくて」

　おちよが言った。

「うちはとくに、力の出る膳を出す見世なので、早く再開するにこしたことはないだろうと」

「心待ちにしているお客さんがたくさんいますよ」

「ええ。それを励みに、片付けや仕入れの算段などを進めているところです」

　信五郎はそう言うと、このまま帰るのは後生が悪いと半ば冗談のように言って列に並んだ。

　幸い飯も味噌汁も、ずいぶん用意してきたのだが、あっと言う間に終わりに近づいてきた。

　どうにか力屋の分まで回った。

「運はまだ残ってますね」

　そう言って受け取ると、信五郎はさっそく箸を動かしはじめた。

　いくたびもうなずき、幸い飯と味噌汁を味わう。

「いかがです？」

おちよが問うた。

「大根の声が聞こえます」

力屋のあるじは答えた。

「声が？」

「ええ。飯の葉も皮も、汁の身も、みんな喜んでますよ。こんなうまいものにしてくれてありがたく存じます、と」

信五郎はそう言って笑った。

五

「大根の声、わたしも聞こえたような気がした」

屋台の片付けをしながら、おちよが言った。

「そうだな。土の恵みの声だ」

時吉が答えた。

「こういう時には、根の野菜がいちばんね」

「ああ。体の底から力が出てくる」

そんな話をしながら片付けをしていると、また知った顔が現れた。

善松を背に負うたおけいと、旅籠の元締めの信兵衛だ。

「あれ、屋台はおしまいですか？　おちよさん」

鍋のほうをちらりと見て、おけいがたずねた。

「ごめんなさいね。思ったより早くなくなっちゃって」

おちよは軽く両手を合わせた。

「なら、屋台と空の鍋などを先に運びますんで」

一緒に手伝ってくれていた若い衆が言った。

「ああ、悪いな」

「助かるわ。ありがとう」

のどか屋の二人が言った。

善松は母の背で寝息を立てていた。血色もよさそうだ。

「笑み」と「富」の引き取り先が決まるかもしれないという話をしたところ、おけいはわがことのように喜んでくれた。

「ときに、今日はちょいとご相談がありましてね」

双子の赤子の話にきりがついたところで、旅籠の元締めが切り出した。

「はい、何でしょうか」

と、時吉。

「今日も朝から横山町の焼け跡を見てきたんですが、どこからか槌音が聞こえてきましてね。それを聞いたとたん、『ああ、しっかりしなきゃ』と思ったんです」

元締めの話を聞いて、おちよはゆっくりとうなずいた。

「それで、うちも順次、旅籠を建て直していくことに決めたんですが、このたびの大火で亡くなった人もいれば、焼け出されたのをしおに田舎へ帰るという人もいて、どうにも人手が足りませんでね」

だんだん話の道筋が見えてきた。時吉とおちよは思わず顔を見合わせた。

「実は、わたしは前からこういうことを思案していたんです。横山町をはじめとして旅籠を何軒か営ませていただいていたのですが、いろいろな方がお泊まりになります。江戸見物に来た方もいれば、あきないで来た方もいらっしゃる。なかには、わけがあって江戸に住んでいるのに旅籠に泊まる人もいる。そのあたりは人それぞれです」

元締めの話は横道に入ったような趣《おもむき》だったが、時吉もおちよも口をはさまずに聞いていた。

「旅籠では、お茶などはお出ししますが、お食事は外へ食べに行っていただいております。それだと雨風の強い日などは、お客さまは難儀をされます。旅籠にいながらにして食事もできれば、ずいぶんと便利なのではなかろうかと考えたのです。いままでのような素泊まりの木賃宿《きちんやど》も重宝なところはあるのですが、それとはべつに、宿場の旅籠のように食事もついた宿もいかがなものかと」

やっと話が本通りに戻ってきた。

「すると、わたしたちにその食事付きの旅籠を？」

おちよが待ち切れないとばかりにたずねた。

「もしよろしければ、と存じまして」

低く腰を折ってから、信兵衛はさらに続けた。

「だいぶ前から思案だけはあったのですが、二の足を踏むところもございました。なにぶん火を使いますので、もし厨から火でも出たら旅籠が何軒も焼けてしまいます。ですが……失礼ながら、二度も焼け出されているのどか屋さんなら、よもやさようなことはあるまいと」

「どうする？　おまえさん」

おちよが問うた。

「うーん……」

時吉は思わず腕組みをしてうなった。

「のどか屋はこれまで、檜の一枚板のある小料理屋としてやってきました」

時吉の脳裏に、あの焼け焦げた一枚板が浮かんだ。

そこに座っていた、人情家主の温顔も、また。

「ふらりとのれんをくぐって、一枚板の席に座られたお客さんに、酒と肴をお出ししながら縁をつないできたのです。昼は膳を出していましたが、それもどなたが見えるか分からない『来る者拒まず』のかたちでやらせていただいていました。旅籠の泊まり客だけに膳を出すというのは、いささか……」

「いや、それはそのままでよろしいのですよ」

旅籠の元締めは、時吉の言葉を手を挙げてさえぎった。

「旅籠の一階に、いままでどおりののどか屋さんを出していただければいいのです。見世も小料理屋でかまいません。岩本町ののどか屋といえば、こちらにまでその名が響いてきたお見世ですから。旅籠にお泊まりになる方ばかりでなく、のどか屋だけに来るお客さまもいるということで」

信兵衛はそう言って笑みを浮かべた。

「でも、そうすると……」

おちよは小首をかしげてから続けた。

「二人でのどか屋をやっているあいだは、泊まりのお客さんのお世話はできませんね。小料理と旅籠の両方ということになると、二人では無理ですよ」

「もちろん、それは承知しています。人手は要ります。少なくともあと一人、できればもう一人ほしいところかもしれません。そこで……」

元締めはかたわらを見た。

「もしわたしでよければ、雇ってくださいましな。旅籠は慣れてますし、お見世が忙しいときはお運びの手伝いもします」

おけいが笑顔で言った。

「ああ、おけいちゃんが手伝ってくれるの。それならできるかも」

おちよは急に乗り気になってきた。

「そうだな。もしのどか屋が横山町へ移るのなら、岩本町の跡地には小菊に入ってもらえる」

時吉は腕組みを解いた。

ただ、亡くなった人情家主の縁者の意向もあるだろうし、なにぶん人生の行く末がかかっている。すぐここで決められる話ではなかった。

「では、父とも相談して、じっくり考えて決めさせていただきます」

おちよが言った。

「もちろんです。すぐにとは申しませんので」

旅籠の元締めは笑顔でまた右手をちょっと挙げた。

「声をかけていただいたら、すぐ駆けつけますからね。知り合いもいるので、もう一人要り用なら話をつけてきます」

おけいが大乗り気で腕を回した。

その拍子に善松が目を覚まし、大きなあくびをして妙な声を出した。

おのずと和気が満ちた。

「大根の声って、こんな声かも」

おちよがおかしそうに言った。

第十一章　笑みと富

一

「おう、そりゃあ、いいじゃねえか」

と、長吉は言った。

長吉屋のほうのおでんと茶飯もあらかた終わり、一同は見世に戻っている。

「横山町なら、御門を越えりゃすぐそこだ。こりゃあ、しょっちゅう千吉の顔を見られるぞ」

「そんな、わがことばかり考えないでよ、おとっつぁん」

おちよが少し口をとがらせた。

「いや、ほかのことも考えてるさ」

長吉は胸をぽんと一つたたいてから続けた。

「うちの弟子のなかには、見世を出して、そのうち嫁をもらうやつが多い。旅籠の元締めと縁ができるのはありがてえ話だ。おめえらのところじゃなくてもいいんだが、旅籠で働きてえっていう女房や縁者はいくらでもいるだろう」

「ああ、なるほど。うちは一緒に逃げたおけいちゃんに手伝ってもらうことになってるんだけど」

「なら、なおさら話が早《はえ》えじゃねえか。岩本町のほうでうまく橋渡しができたら、さっそく建て替えの算段をしな」

長吉はそうすすめた。

「だったら、おまえさん。三軒目ののどか屋は小料理旅籠ってことに」

おちよは時吉に言った。

「いや、のどか屋はあくまでも小料理屋だから」

時吉は首を横に振った。

「旅籠は旅籠、小料理は小料理でいいんじゃねえか？」

長吉が横合いから言う。

「だったら、旅籠の名前は？」

おちよが問うたとき、千吉がのどかの首をつかんで運んできた。

「これ、猫さんが嫌がってるでしょ」

おちよがたしなめる。

「おまえより年上なんだぞ、のどかは」

時吉も言うと、千吉は大きな猫を下に放した。

のどかはぶるぶると身をふるわせ、すぐさま毛づくろいを始めた。

「いっそのこと、千吉屋にしちまえ。二代目なんだから」

長吉が思いつくままに言う。

「だって、おとっつぁん、千吉には小料理屋を継がせるつもりなので」

おちよが気の早いことを言った。

「ま、名前なんてあとでもいいや。べつに名無しの旅籠だってあるからな」

長吉はそこで話を切り上げ、火加減を見はじめた。

客が来るかどうか分からないが、のれんを出しているからには支度をしておかなければならない。

「いいかい、千吉。今度は横山町で、旅籠と小料理屋が一緒になったものを始めることにしたよ」

「はたご、ってなあに？」

わらべはたずねた。

「何だと思う、千吉」

長吉がたずねた。

「うーん……はたがたってるの」

「あはは、旅籠だから旗か」

「そんな旅籠もいいわね。旗が立ってるからすぐ分かるし」

おちよはおかしそうに言った。

「ちがうの？」

千吉はあいまいな顔つきになった。

「江戸へ出てきた人たちなんかが泊まるところを旅籠って言うの。いままで知らなかったいろんなお客さんに泊まっていただくの。楽しそうでしょ」

おちよはそう言ったが、何を思ったのか、千吉は少し間を置いてからわんわん泣き出した。

「おうおう、どうしたんだい。泣くこたぁねえじゃねえか」

長吉があわててなだめた。

「どうしたの、千ちゃん」

おちよが問うと、千吉は涙声で答えた。

「だって、おとうとおかあがいいもん。千ちゃん、知らない人とねるの、いや」

「そりゃあ、お客さんだって嫌だろう」

時吉は笑った。

「大丈夫よ。お客さんはお客さんで、違うところで寝るから。千ちゃんはいままでどおりよ」

「おかあとねられるの？」

「そうよ。なら、いいでしょ？」

母がたずねると、わらべは急にまた笑顔になった。

二

それからほどなくして、客とも身内ともつかない者がのれんをくぐってきた。

安東満三郎だ。

「捕まえてやったぜ」

長い顔を見せるなり、あんみつ隠密は自慢げに言った。

「火事場泥棒ですね？」

と、おちよ。

「おう。大八車を使って、お助けを装って端から押しこんでいやがった。まず間違いなく、一人残らずお仕置きだ」

安東はそう言って、一枚板の席にどっかりと腰を下ろした。

「油揚げはありますか、師匠」

時吉は長吉にたずねた。

「おう、あるぜ」

「てことは、あれだな？」

「はい、あれをおつくりします」

あれ、だけで話が通じる。

油揚げの甘煮だ。

甘いものに目がないあんみつ隠密の好物だから、あんみつ煮とも呼ばれている。たっぷりの三温糖と水と醬油だけで煮た簡明な品だ。冷まして酢めしを詰めれば、信田《しのだ》鮨《ずし》にもなる。

「それにしても、ずいぶんと大胆な火事場泥棒でしたね」

あんみつ煮を手早くつくりながら、時吉が言った。

「良く言ってやりゃあ、肝が据《す》わってたんだろうよ。大川端の三所競いでも、えらい勢いで荷車を引いてたらしいから」

「ああ、あの三所競いで」

時吉はすぐさま思い出した。

「見たことがあるのかい？」

「いえ、見たことはないのですが、うちのお客さんの大工衆が出て、その連中に負けて悔しがっていたので」

「あっ、思い出した。あの相手が火事場泥棒だったの」

おちよが目をまるくした。

「そんな縁があったのかい。なら、次からは大工らの一人勝ちじゃねえか」

あんみつ隠密は言った。

大工衆もそのつもりでいたらしいが、結局そうはならなかった。火事場泥棒に賞品をやってしまったのは後生が悪いということで、次の三所競いは沙汰《さた》止《や》みになってしまったのだ。

あんみつ煮ができた。

「うん、甘え」

お得意のせりふが出る。

客は安東だけで、厨に二人立っていても仕方がないから、長吉は座敷で孫と遊びはじめた。

「手毬はうめえなあ、千吉。名人になれるぜ」

機嫌のいい声が響く。

「はいっ、はいっ」

かわいい掛け声をあげながら、千吉は両手を動かしていた。

「えいっ、えいっ」

毬が空中で入れ替わるさまを、わらわらと集まってきた猫たちが見物する。ちのがひょいひょいと前足をかいて毬を取ろうとする。おのずとなごむ光景だった。

「ほかにも、越後屋の名を騙《かた》った火事場だましなんかも捕まった。いろいろとわいてきやがるぜ」

「ふふ、安東さま」

「なんだい、おかみ、妙な含み笑いなんかして」

「その火事場だましを見破ってお縄に導いたのは、うちの人なんですよ」

おちよが自慢げに告げると、あんみつ隠密の目がまるくなった。

「なんだ、そうだったのかよ」

「一朱が一両に化けると言ってだまそうとしているところへ、たまたま通りかかったもので」

次の肴をつくる手を動かしながら、時吉は言った。

「普通はそんなはずがあるめえと思うところだがよ、欲に目がくらむとわけが分からなくなっちまうんだな。危うく大勢がだまされるところだったぜ。ありがとよ」

あんみつ隠密は、さっと軽く両手を合わせた。

ほどなく、次の肴ができた。

鱈《たら》の粕漬けだ。

大火が起きる前から漬けてあった鱈の身を取り出し、金串を打って香ばしく焼きあげる。仕上げに味醂をひと刷毛塗れば、甘みの衣が加わってえもいわれぬ美味になる。

むろん、甘い物に目がない安東満三郎に出す肴だ。ひと刷毛と言わず、くどいくらいに味醂を塗って出した。

「こりゃあ、甘くてうめえ。酒粕もよくしみてるぜ」

隠密仕事をよろず請け負う黒四組のかしらがうなったとき、外で足音が響き、新たな客が入ってきた。

恰幅のいいあきんどとその女房、さらに番頭とおぼしい者が付き従っていた。

「長吉さん」

座敷に向かって、客が声をかけた。

千吉と遊んでいた長吉は、すぐさま気づいてこう答えた。

「あ、これはようこそのお越しで、井筒屋さん」

三

一枚板の席がにわかに一杯になった。

銘茶問屋の井筒屋では、身寄りのない子供を折にふれて引き取り、わが子として育てている。そんな徳というものが、あるじとおかみの顔にも表れていた。

「あきないの手が放せず、なかなか来られませんで、相済みません」

井筒屋のあるじの善兵衛《ぜんべえ》が頭を下げた。

品のいい越後縞《えちごしまちぢみ》縮をまとっている。色合いは深目の紺色で、大店のあるじでも派手めかしたところはまったくなかった。

「いやいや、わざわざお越しいただきまして。うちの娘が大火の最中に拾ってきた捨て子なんですが──」

厨に入って柚子《ゆず》味噌を練りながら、長吉が言った。

「江美と戸美という名だとうかがいましたが」

おかみがおちよに向かって言った。

こちらも上等の御召縮緬《おめしちりめん》の縞《しま》だが、帯の色合いなども含めて渋い。

「江戸が美しくなるように、それと、『笑み』と『富』にもかけています」

おちよが答えると、熱燗の猪口《ちょく》をきゅっと干した井筒屋がうなずいた。

「それはぜひ、手前どもに頂戴したいものです」

「だったら、ちよ、斜向かいの桶屋のとこまで走ってくれ。首尾よく引き取り手が現れたって言ってよ」

「べつに走らなくったっていいじゃねえか、あるじ」

あんみつ隠密がそう言ったから、見世に和気が満ちた。

「赤子を落としたりしないように、ゆっくり歩いて行ってきます」

と、おちよ。

「では、番頭さん」

あるじが小声でうながした。

「はい、承知いたしました。……手前も行かせていただきますので」

おちよに向かってそう言った番頭の手には、包みが握られていた。いままで赤子に乳をあげてくれていた桶屋の女房のために、贈り物を持ってきたらしい。そういう細かな気遣いも有徳のあきんどらしかった。

時吉は竹串を刺して、大根の煮え具合を見ていた。いい按配に通った。そろそろ頃合いだ。

屋台でもたくさん使うから、三河島《みかわしま》村から荷車一杯分の大根を仕入れてきた。まだまだ余りがある。

冬場の大根料理といえば、味噌汁や煮物や大根菜飯もいいが、やはり風呂吹《ふろふ》き大根だ。ほっこりと煮えた風呂吹き大根を柚子味噌でいただくと、身も心もほわっとやわらかくなる。

千吉は座敷で猫たちと遊んでいる。毬を投げると飛びついてくるのが面白いらしく、無邪気な笑い声が響いていた。

そのなかで、ほどなく風呂吹き大根ができた。

深目の器に柚子味噌をたっぷり盛り、ていねいにあくを抜きながらゆでた大根を据える。さらに、せん切りの柚子を飾れば、冬の恵みのひと品の出来上がりだ。

「ここまで来た甲斐があったね」

「ほんに、やさしいお味で」

井筒屋のあるじとおかみの顔に笑みが浮かんだ。

「おれのは衣を一枚頼むぜ」

安東が指を一本立てる。

「承知」

時吉はそう言って、味醂の瓶を取り出した。

「あえて、『甘え』とも『うめえ』とも言わねえぜ。顔だけで伝えてやらあ」

あんみつ隠密はそう言うと、異貌を妙な具合にゆがめて実にうまそうな顔をつくってみせた。

また見世に和気が見たところで、赤子の泣き声が近づいてきた。

二つ合わさっているから分かる。

捨て子だった双子の江美と戸美が連れられてきたのだ。

四

「うちには乳母もいるから、たくさんお乳を呑んでね」

江美を抱いた井筒屋のおかみが言った。

双子だから顔立ちはほぼ同じだが、鼻の脇のほくろのあるなしでわりと容易に見分けがつく。

「なかなかいい顔立ちをしているね。きっと小町娘になるよ」

あるじも和す。

「では、並んで見世に立ってもらいましょう」

「それはちょっと気が早いよ、番頭さん」

「さようですね、旦那さま」

また長吉屋に笑いがわく。

そこへ、悪い足を器用に動かしながら、千吉が近づいてきた。

「これ」

と、おちよに毬を渡す。

「これ、じゃ何か分からないわよ、千ちゃん」

おちよが言うと、千吉はしばらく言葉を探していたが、なぜか急にまたぽろぽろ泣きだした。

「おう、泣かすんじゃねえぞ」

長吉があわてて言った。

「何もしてないってば、おとっつぁん。いきなり泣きだしたの」

おちよが不服そうに答えた。

「その毬をあげたいのかい？」

それと察して、時吉が問うた。

両手に毬を持った千吉は、涙を流しながらこくりとうなずいた。

「ああ、そういうこと……。お別れだものね」

おちよの声音《こわね》がやわらかくなった。

「あの火の中を、一緒に逃げてきたんだから」

「うん……」

千吉は再びうなずいた。

「ほら、江美ちゃん、お兄ちゃんが毬をくれるって。うれしいね」

いつのまにか泣き止んだ赤子に向かって、井筒屋のおかみが言った。

「ありがとうね、坊や」

あるじの善兵衛が笑みを浮かべた。

「じゃあ、渡しておやり」

おちよがうながすと、千吉は両手で握った毬を一つずつ「はい」と言って渡した。

もちろん、まだ赤子の手には余る。毬は井筒屋の夫妻が受け取った。

「たましいが、渡ったな」

安東が言った。

「お兄ちゃんから、大事なものをいただいたよ。早く大きくなって遊ぼうね」

おかみが江美に言う。

「なら、そろそろ帰ろうか。うちでゆっくりお乳を呑んで休もう」

戸美を抱いた井筒屋が腰を上げた。

皆が見送りに出た。

千吉も泣き止んだ。

江美と戸美、笑みと富の門出だ。涙は似合わない。

最後に、千吉は二人の赤子の手をぎゅっと握った。

「たっしゃでね」

と、千吉は言った。

心が通い合ったのかどうか、江美も戸美も穏やかな表情だった。

どちらも笑っているように見えた。

第十二章　おかかおにぎり

一

　翌日、のどか屋の二人は、長吉屋の若い衆とともに炊き出しの屋台を岩本町まで運んでいった。

「小菊」の二人を探して、のどか屋の場所を譲る話をしなければならないし、まだ後片付けも残っている。それに、みけは依然として消息不明だし、岩本町のほかの常連の安否も気遣われた。

　古巣を離れることになる二人にとっては、のどか屋ののれんを出していたところでふるまう炊き出しには特別な思いがあった。

　幸い飯と味噌汁は昨日と同じだが、新たにおかかのおにぎりも用意した。ここまで来られない者のために持ち帰ってもらおうという腹づもりだが、おかかはみけの大の好物だ。匂いに誘われてふらりと姿を現してくれないものかという淡い期待もあった。

屋台を出すや、三々五々、人が集まってきて、やがて行列ができた。

そのなかには、のどか屋に通ってくれていた職人衆や大工衆などの姿もあった。

「おう、無事で良かったな」

「千ちゃんも無事かい？」

「ええ。浅草のじいじのところにいます」

飯をよそいながら、おちよが答える。

「そりゃあ、何よりだ」

「えれえ大火だったからな。身が一つありゃ、いくらでもやり直せるさ」

「おお、この匂い、たまんねえな」

「のどか屋ではたくさん飯を食って、酒を呑んだからな。それが、こんなになっちまってよう……」

「湿っぽいつらをすんなって。うしろを見たって、のどか屋が元に戻るわけじゃねえんだから」

かつての客は口々に言った。

「はい、お待ち。幸い飯でございます」

時吉が鍋を振る手には、ことに力がこもっていた。

焼け崩れた檜の一枚板が目に映っていた。もう使えないだろうが、人情家主の形見のようなものだ。持って帰り、いずれきれいにして旅籠のどこかに飾るつもりだった。

客の評判は上々だった。

「うめえ」

「玉子がよくからんだ、ぱらぱらの焼き飯。これが食いたかったんだ」

「のどか屋の味だな」

「焦がした醤油の風味がまたいいじゃねえか」

「味噌汁もうめえぞ」

「胃の腑から心の臓まで、ぽわっとあったかくなるな」

そうこうしているうちに、湯屋の話が耳に入った。半焼けで済んだ寅次の湯屋は、早くも大工衆が入って建て直しを始めているらしい。

「どなたか、湯屋の寅次さんに伝えていただけないでしょうか。『小菊』の吉太郎さんとおとせちゃんに話があるんです」

おちよが声を大きくして言った。

「おう、なら、いまからひとっ走り行ってくるぜ」

「のどか屋の幸い飯を食ったら、急に百人力になったからな」

「ちょいと待っててくんな」

気のいい職人衆は、尻をからげて湯屋のほうへ走りだした。

二

「おとせらは、ちょいとお参りに行ってんだ。おっつけ、帰ってくるだろう。建て直しの大工に伝えといたから」

職人衆とともにやってきた寅次が口早に言った。

「どちらへお参りに？」

炊き出しの味噌汁をよそいながら、おちよがたずねた。

「湯島天神《ゆしまてんじん》だよ。焼けなかったお社には、ずいぶんと人が集まって、炊き出しもやってるみたいで」

湯屋のあるじが答えた。

「そりゃあ、神社や寺なら広いし、軒下で寝られるしな」

「御城を開けてくれりゃ、いちばんいいんだがよ」

「無理言うなって。救い小屋をほうぼうに出してもらってんだ。そんなこと言ったら罰《ばち》が当たるぜ」

　列に並んだ者たちから声が飛ぶ。

　その列のうしろのほうに、どこかで見たような顔があった。ずいぶんと暗い表情で、ときおり焼け跡をしみじみと見ている。まだ二十くらいの若者だ。

　幸い飯も味噌汁も、好評をもって迎えられた。

「やっぱり、のどか屋の食い物が江戸一だな」

　寅次が声をあげた。

「岩本町の誇りだったもんな」

「だった、はねえだろ。また建て直すんだろ？」

　職人衆の一人が問うた。

「その件で、寅次さんにご相談があるんです」

　軽く首を横に振って職人に応えてから、時吉は言った。

「なんだい、改まって」

「実は、のどか屋は横山町で出直すことになりましてね……」

くわしい説明をしようとする前に、ほうぼうから声が飛んだ。

「なんだ、ここに建て直すんじゃねえのかよ」

「町を出て行くのかい」

「まあ、横山町ならそんなに離れてねえから、食いには行けるけどよ」

「でも、あのあたりは旅籠ばっかりじゃねえか？」

「旅籠もやるんです」

おちよが笑みを浮かべ、客の一人に答えた。

「あきない替えか？」

「そりゃあ、もったいねえ」

「いえ、旅籠のついた小料理屋をやらせていただくんです」

今度は時吉が言った。

「そりゃ、逆じゃねえのか」

「小料理屋のついた旅籠なら、分からねえでもねえけど」

客が首をひねる。

「まあ、江戸でここしかないとなったら、それはそれでいいんじゃないかと、うちの人とゆうべも相談してたんです」

と、おちよ。

「なるほど、そんな話が進んでたのかい。で、おれに相談ってのは？」

寅次がおのれの胸を指さした。

「吉太郎とおとせちゃんが、もう少し広いところへ『小菊』を建て直したいって言ってたんです。ここならちょうどいいんじゃないかと思いまして」

時吉がおたまでのどか屋の焼け跡を示した。

「ああ、そういうことか」

寅次は両手を打ち合わせた。

「そいつぁ、いいや」

「あそこのあるじはまだ若《わけ》えけど、うめえもんを食わせてくれるし」

「そりゃ、のどか屋で修業をしたんだからよ」

「味ののれんを引き継ぐようなもんじゃねえか」

「おう、たまにはうめえことを言うな」

さえずりが続く。

「そういえば、あいつら、そんなことを言ってたな。厨も見世もいまんところはちょいと狭いって。ここに替わるなら、うめえ話かもしれねえな」

と、寅次。

「うちみたいな座敷が欲しいと」

のどか屋は焼けてしまったけれど、おちよはなおも「うち」と呼んだ。

「宴会の料理をやりてえって言ってたな。ちょいと遠くなるがなあ」

湯屋のあるじは腕組みをした。

「遠くなるって、斜向かいから町内に変わるだけじゃねえか」

「本所《ほんじょ》あたりなら遠いけどよう」

職人衆が笑う。

「なら、源兵衛さんの跡取り息子さんが千住《せんじゅ》にいるんで、おいら、法要のついでに話をしてきまさ」

長屋の店子だった男が言った。

「へえ、千住にいるのかい」

「向こうでも長屋を？」

「いや、畑仕事が性に合ってるらしくて、葱とかつくってるそうでさ。なんにせよ、ここは源兵衛さんの土地なんで、地代さえ払えば引っかかりは何もないでしょう」

「地代をわっとふっかけられたりはしねえかい？」

寅次が案じ顔で問うと、男は笑って手を振った。

「源兵衛さんに似て、いたって欲のない人ですから、気持ちだけの地代にしてくれると思いますよ」

話はそこでひと区切りついた。

列がしだいに短くなり、例の若者の顔がはっきりと見えた。

それでもまだ、時吉もおちよも思い出すことができなかった。ただ、だれかに似ているような気がした。

近くにいた者は、若者がだれか知っているらしい。こんな声をかけていた。

「気を落とすなって言っても無理だろうがな」

「はい……」

若者は小さな声で答えた。

すると、だれか身内が亡くなってしまったらしい。

番が来た。

時吉が幸い飯と匙を渡す。

今日は長吉屋の若い衆に茣蓙を二枚持たせてきた。ただし、もう一杯で座るところがない。

「はい、お味噌汁をどうぞ。うちの焼け跡にでもお座りくださいな」

そう言ってあたたかい椀を渡したあと、おちよは吐胸《とむね》を突かれたような表情になった。

若者がだれに似ているか、だしぬけに思い当たったのだ。

「ひょっとして、萬屋さんの……」

「はい、息子の卯之吉《うのきち》です。父が生前、のどか屋さんには大変お世話になりました」

若者はそう言って頭を下げた。

三

大火で落命したのは、人情家主の源兵衛ばかりではなかった。

正しいあきないをする質屋のあるじも犠牲になった。のどか屋の一枚板の席で、すっと背筋を伸ばして酒を呑んでいた子之吉は帰らぬ人となってしまった。

それを知ると、茣蓙の一角がたちまち空いた。

「おう、ここへ座りな。おいら、子之吉さんには世話になったんだ」

「おいらも、萬屋にゃ助けてもらった」

「遠慮するな。まあ座れ」

空けてもらったところに腰を下ろすと、卯之吉はまず味噌汁を少し啜った。

ああ、とため息をつく。

「あんまり物を食ってなかったんだろう？」

「はい……死んだおとっつぁんに申し訳がなくて」

卯之吉は肩を落とした。

「でも、食わねえで体を悪くでもしたら、おとっつぁんは浮かばれねえぜ」

「萬屋の蔵は焼け残ってたように見えたけど」

「ええ、どうにか」

卯之吉はそう答え、今度は幸い飯を口に運んだ。

「おいしい……」

ぽつりと言う。

「その味を、忘れるんじゃねえ」

職人衆のかしらとおぼしい男が言った。

「生きてこそ……生きていてこそ、そんなうめえ飯が食えるんだ。おとっつぁんは、おめえさんの血と肉にも入《へえ》ってるじゃねえか。そう料簡して、無理にでもたんと食いな」

情のこもった言葉に、卯之吉はうなずいた。

「いまごろは、およしさんと水入らずで、あの世で楽しく……」

おちよはそこで声を詰まらせた。

子之吉の女房のおよしは、不幸なことに常ならぬ死に方をした。子之吉は深い悲しみに沈んだ。

しかし、あの世で再会したら、もう水入らずだ。久方ぶりに、笑顔で語り合えるかもしれない。

「萬屋さんは逃げ遅れたのかい」

同じ茣蓙に座った男がたずねた。

「いえ、どうしても持ち出したい質草があったらしく、止めるのも聞かずに引き返していってしまったんです」

卯之吉の話を聞いて、はたと時吉は思い当たった。

子之吉は、こう言っていた。

（できることなら質流れをせず、元の持ち主にお返ししたいと切に思う品があったりします）

(ちょうどいまもそういう大事な品をお預かりしているので、もし火でも出たら持って逃げなければなりません。ただの品ではなく、思いがこもっておりますから)

萬屋の前を通り過ぎたとき、子之吉はまだ蔵の品を荷車に積んでいるところだった。早く逃げるようにと言うと、子之吉はこう答えた。

(分かってます。焼くわけにはいかない品がありますので)

その品を取りに行って、落命してしまったのだろう。そう思うと、時吉は何とも言えない気持ちになった。

その話を卯之吉に伝えたところ、萬屋の息子はいくたびもうなずいた。

「さようでございましたか。あれは、さるお武家さまの……」

卯之吉はそこでにわかに言葉を呑みこんだ。

「質入れの客の子細については、他言してはならないとお父さんは言っていたね」

時吉は穏やかな笑みを浮かべた。

「さようです。ここまでにしていただきたいと存じます」

卯之吉はていねいに頭を下げた。

「いい質屋になるよ」

「気張ってやんな」

「町の衆がついてるからよ」

「死んだおとっつぁんもついてるさ。負けんな」

口々に励まされた卯之吉は、感極まって泣きだした。

幸い飯の平皿の上に、涙がぽとぽと落ちる。

「それにしても、人情家主の源兵衛さんもそうだけど、後先考えずに逃げてりゃ助かったものを」

「おいらなんて、かかあを置いて真っ先に逃げたぜ。あとでさんざん文句を言われたけどよ」

「そりゃあ、この先、事あるごとにずっと言われるさ」

「えれえことをしちまったな」

半ばは卯之吉を励ますように、職人衆の笑い話の花が咲いた。

卯之吉は涙をぬぐい、また匙を動かしはじめた。

涙のしみた幸い飯を、ひと匙ひと匙、味わいながら食べていった。

「おいしゅうございました。ありがたく存じます」

卯之吉はおちよに器を返した。

「どうもごていねいに。これからどうされるんで?」

「後片付けをしてまいります。一日も早く、萬屋を再開できるように」

「だったら、これは夜にでも食べてくださいな」

おちよはおかかのおにぎりを二つ、包んで渡した。

いったんは固辞する素振りを見せたが、周りからも「遠慮せずにもらっとけよ」と声がかかった。卯之吉は結局受け取った。

「では、これで」

卯之吉は深々と頭を下げ、萬屋のほうへ引き返していった。

その姿が小さくなったとき、時吉がぽつりと言った。

「背中がお父さんに似てるな」

「ほんと……いい背中をしてたものね、子之吉さんは」

おちよがうなずく。

二人の声が耳に届くはずはないのに、卯之吉がふと立ち止まり、もう一度こちらを向いて礼をした。

一瞬、それが子之吉に見えた。

この世から去っていく男の顔のように見えた。

四

飯も味噌汁もなくなった。おかかのおにぎりもあと少しになった。

茣蓙に陣取っていた者たちも、少しずつ引き上げていった。寅次も湯屋の普請が気になるからと帰っていった。屋台のまわりはずいぶん寂しくなってきた。

「とりあえず、これを運んでおくか」

時吉が一枚板を取り上げた。

「そうね。使えそうな道具などは前に運んだし、あとは吉太郎さんとおとせちゃんの考えもあるだろうし」

「おっ、うわさをすれば影だな」

時吉が道の行く手を指さした。

向こうから、「小菊」の二人が近づいてきた。

「おとっつぁんから聞きました」

おとせが先に声をかけた。

「『小菊』をこちらに建てさせていただけると」

やや上気した顔で、吉太郎も和す。

「ああ、好きなような普請で建て直してくれ」

時吉は言った。

「うちは横山町で旅籠のついた小料理屋を始めるの」

おちよが笑みを浮かべる。

「それも聞きました。おとっつぁんがいろいろ戯《ざ》れ言《ごと》を」

「どんな？」

「旅籠のついた小料理屋があるのなら、湯屋のついた小料理屋があってもいいんじゃないか、とか」

「ああ、それはできるかも。二階を小料理屋にして、お風呂上がりに寄っていただけばいいじゃない」

「冷奴と枝豆で一杯、とか、湯上がりには良さそうだね。冷たい麦湯でもいい」

時吉も案を出した。

「それだけじゃなくて、寺のついた小料理屋とか、お大名の上屋敷のついた小料理屋とか、御城のついた小料理屋とか、おとっつぁん、口から出まかせで」

おとせはおかしそうに言った。

「寅次さんらしいわね。あっ、そういえば……」

おちよは何かに思い当たったような表情になった。

「どうした？」

時吉が問う。

「大和梨川藩のお屋敷はどうなったのかと思って」

「火の筋はどうにか逃れたんじゃないかな？」

時吉は二本差しのころ、大和梨川藩の禄を食《は》んでいた。昔のよしみでのどか屋に通ってくれていた勤番の武士もいる。安否が気遣われた。

「『小菊』をここに出したら、のどか屋をたずねてこられたお客さんたちにもすぐ伝えられますね」

と、おとせ。

「その前に、貼り紙を出しておけばいいよ。横山町の新しいお見世までの道筋も書いておいて」

吉太郎も言った。

これから初めてのややこが生まれてくる若い二人は、その後も次から次へと知恵を巡らせていった。

のどか屋と同じ一枚板の席と座敷ばかりでなく、厨でつくった細工寿司をすぐお客さんに渡せるような窓口も欲しい。大八車や駕籠で見世の前を通りかかっても、寿司の包みを受け取ってすぐ食べられるようにすればどうか。などなど、知恵は泉のごとくにわいてきた。

「二階もつくらないと。ややこはやがて育つから、広いほうがいいわね」

「そうだね。三人くらいできても平気なくらいの広さにしておきたいね」

吉太郎は気の早いことを言った。

「なら、おとっつぁんのところに来てる大工さんに下見《したみ》だけしてもらおうよ」

おとせがうながす。

「湯屋が終わらないと、手が回らないんじゃないかな」

吉太郎が首をかしげた。

「大丈夫よ。大工さんたちはここぞとばかりに仕事を回し合って、どんどん建て直していくんだから」

「おとせちゃんの言うとおり。うちも明日から建て直しの算段をしないとね」

おちよが焼け跡を見てうなずいた。

「そうだな。なにぶん旅籠つきの小料理屋だ。造りがむずかしいかもしれない」

と、時吉。

「そのあたりは大工さんと相談ね」

「旅籠の元締めも知恵を出してくれるだろう」

「おけいちゃんも」

「じゃあ、これから湯屋へ戻って相談してきます」

おとせが言った。

「千住の源兵衛さんの息子さんにつなぎに行った店子《たなこ》さんが、そちらへ行くと思うので、証文などをよろしく」

時吉は吉太郎に言った。

「承知しました。『のどか屋の後で、なんだこの料理は』とお客さんから言われないように、気を入れ直してやらせていただきます」

今年は父になる若者は、引き締まったいい顔で答えた。

「あっ、そうだ。おかかのおにぎりがちょっと残ってるの。食べていかない？」

おちよが余っているものを指さした。

「じゃあ、まだだいぶおなかが空いてるので」

「湯島天神で水団《すいとん》をいただいたんですが、あんまり入ってなくて」

「そう。なら、遠慮なく食べて。わたしもいただくわ」

「おれにも一つくれ」

「あいよ」

のどか屋と「小菊」の四人は、焼け跡の按配のいいところに座り、おかかのおにぎりを食べはじめた。

ほどなく、おちよのうしろで、細いなき声が聞こえた。

猫だ。

振り向いたおちよの表情がにわかに変わった。

目が丸くなる。

そして、喜色が顔じゅうに広がっていった。

「みけ！」

時吉も気づいた。

やせ細っているが、この色合いを見間違えるはずがない。

一匹だけゆくえ知れずになっていた三毛猫に相違なかった。

「生きてたのか、みけ」

時吉が手を伸ばすと、猫はちょっとおびえながらも、その臭いをかいでからちょろっとなめた。

「おなかが空いてるのね。わたしのおかかをあげる」

「おいらのも」

おとせと吉太郎が食べかけのおにぎりを割り、おかかのついたところだけ取り出して猫にやった。

空いた平皿を餌皿がわりにして、おちよと時吉も続く。たちまち猫の前に餌がたくさん盛られた。

「よく無事だったわね、みけ」

「案じてたんだぞ」

「あとの三匹はおとっつぁんのとこでぬくぬくしてるからね。もう大丈夫よ。一緒に帰ろうね」

そう話しかけたが、よほど腹を空かせていたのか、みけははぐはぐと口を動かしているばかりだった。

ほどなく、得心がいくまで食べた様子で、みけは前足をそろえて伸ばし、ふわっとあくびをした。

「今度はおねむかい。屋台に乗っていきなさい。長吉屋まで運んであげるから。さ、おいで」

おちよは両手を伸ばして三毛猫をつかんだ。

しかし、どうしたことか、みけは急に暴れだして爪を立てた。

「痛い……どうしたのかねえ」

地面に下りたみけは、身をふるわせて毛づくろいをしはじめた。

「おおかた気が立ってるんだろう。さあ、帰るぞ。みんな待ってるから」

時吉がつかまえようとしたが、三毛猫は檜の一枚板があったところのほうへさっと逃げた。

そして、寂しそうな顔をして「みゃあ」と細い声でないた。

「みけちゃん……」

おちよがやさしい声で語りかけた。

「のどか屋はもう焼けちゃったの。ここは『小菊』になるのよ」

「そんなことを言っても、猫には分からないか」

時吉はそう言うと、もう一度手を伸ばした。

だが、みけはやはり嫌がった。

毛を逆立てて、ふーっと威嚇する。あまり見せたことのないしぐさだった。

「困ったわねえ、おまえさん」

おちよがそう言って、引っかかれたところを着物の袖で押さえた。

「猫は家につくと言うからな」

「ほかの三匹は大丈夫だったんだけど」

「そりゃ、猫によるだろう」

みけの動きが変わった。

焼け跡の一角を前足でかくようなしぐさをする。

「座敷があったところね」

「よくそこで寝ていたものな」

時吉がうなずいた。

みけはなおも前足を動かした。そうすれば、元ののどか屋の座敷がよみがえるとでも猫なりに思っているのか、しきりに寂しそうに引っかく。

「思い出がいっぱい詰まってるから、この焼け跡には」

おちよは急に涙声になった。

「楽しかったいろんな思い出を掘り起こそうとしてるのか、おまえは」

時吉は感慨深げに言った。

「この子はここで生まれたんだもの。岩本町ののどか屋しか知らないんだもの」

おちよはそう言って、目元を指でぬぐった。

みけはなおも座敷があったところを前足でかいていた。

どうしてこうなってしまったのか、得心がいかないとでも訴えるようなしぐさだった。ときおり顔を上げ、寂しそうになく。その声が心にしみた。

「あの、もしよろしければ……」

おとせが切り出した。

「この子を、新しい『小菊』の看板猫にいただければと」

「ああ、それはいい。のどか屋さんののどかみたいな福猫になれば」

吉太郎もすぐ乗ってきた。

「どうする？　おまえさん」

おちよが時吉の顔を見た。

「ちゃんとお世話をします。寝所や後架などはこれからすぐ持ってきますから」

おとせが勢いこんで言った。

時吉は一つうなずくと、猫の近くでしゃがみこんで言った。

「おい、みけ。おまえはここがいいのか？」

通じたのかどうか、三毛猫は顔を上げ、細い声で「みゃあ」とないた。

「いい、って言ってるわ」

と、おちよ。

「なら、『小菊』で飼ってもらえ」

時吉が言うと、おとせと吉太郎は顔を見合わせて笑った。

「いまはこんな焼け跡だけど、大工衆が入って、きれいに建て直してくれる。のどか屋のお客さんもたくさん来るぞ」

「またかわいがってもらおうね、みけちゃん。わたしも来るから」

おちよがほほ笑みかけると、ほっとしたのか、三毛猫は首筋を前足でかきはじめた。

「よろしくね」

おとせがあごのあたりをなでてやる。

みけは少しためらってから、その手をぺろっとなめた。

「ごはんだけ余っちゃったわね」

おちよはおかかのところだけきれいになくなったおにぎりを示した。

「飯だけ食えばいいだろう」

「そうね」

時吉もおちよも、新たな旅立ちを迎える猫を見ながら残りの飯を食べた。
それも忘れがたい味がした。

終章　幸いの風

一

横山町で普請が始まった。

もう絵図面はできあがっていた。時吉とおちよは、大工たちが働くさまを満足げに見守っていた。

焼け跡から拾ってきたのどか屋の一枚板は、木目が残っているところだけを使って看板に仕立て直すことにした。これはもう職人に渡してある。

いい按配に切って磨きを入れれば、木がよみがえる。そこへ「のどか屋」という彫りを入れることにしていた。

初めは字を季川に頼もうとしたのだが、固辞されてしまった。

「わたしの字だと、ちょいと近寄りがたいかもしれないよ。おちよさんの字のほうが丸くていいじゃないか」

たしかに、隠居の言うとおりではあった。あまりにも達筆すぎると、少々近寄りがたくなってしまう。

そこで、おかみのおちよが自らしたためることにした。半紙を何枚も反故《ほご》にした末、ようやく皆がうなずく出来の「のどか屋」が記された。

しかし、おちよが書いた字はそればかりではなかった。

小料理
おやど

旗屋にはそう染め抜く二棹《ふたさお》の旗を頼んであった。美しい藍染《あいぞめ》の旗は近々できあがるだろう。

「旅籠も兼ねてるんだから、『小料理』じゃなくて、今度は『御料理』でいいんじゃねえか」

長吉はそう助言したが、時吉は譲らなかった。

「師匠から教わったとおり、上から皿を出す大料理ではなく、下からお出しする小料理にこれからもこだわっていきたいと思いますので」

それを聞いた長吉は、もう何も言わなかった。

焼け跡のそこここで槌音が響きはじめた。大火に焼かれた江戸の人たちは、またおもむろに立ち上がったのだ。

横山町の普請場に来るまでに、馬喰町へ寄ってきた。力屋の普請はずっと先に進んでおり、もう厨には竈《かまど》などが入っていた。

見世の前には酒樽が置かれ、二匹の猫がくつろいでいた。一匹はのどか屋で飼われていた元やまとのぶちだ。そのつれあいのはっちゃんも無事だったらしく、仲むつまじい様子に心がなごんだ。

今日は朝から長吉屋の前で炊き出しを行った。見世は休みの日だが、長吉は若い衆に炊き出しの鍋をつくらせた。おのれの手でつくった料理を、焼け出されて困っている人々にすすめる。それはきっと後々の肥やしになるはずだ。

時吉とおちよも手伝ったあと、普請場の様子を見にきた。

同じように建て直しを始めているところもあれば、まだゆくえ知れずの者を探している人もいる。大火のあとの江戸の町は、さまざまな光と影に彩られていた。

長吉は孫の千吉をつれて、井筒屋をたずねていった。重くなったわらべを時吉みたいに背負って歩くことはできないから、駕籠を呼んだ。江美と戸美の様子を見て、御礼がてら銘茶を買ったら、横山町へ回ることになっている。

「もう一人のお手伝いさん、うまく決まるといいわね」

大工衆の動きを見ていたおちよが、ぽつりと言った。

「そのうち決まるだろう。元締めさんに任せておけばいい」

「そうね」

先ほどは旅籠の元締めの信兵衛が姿を現した。新たなのどか屋の手伝いは、旅籠に慣れているおけいが一人決まっているが、まだ息子の善松に手がかかる。もう一人、だれか信の置ける者をぜひとも雇いたいところだった。

建て直す旅籠はほかにもある。なにぶん人手が足りないからすぐには決まらないかもしれないが、と前置きしてから、信兵衛は言った。

「そのうちいい人を見つけて、お引き合わせします。任せておいてください」

旅籠の元締めは、力強くそう請け合ってくれた。

「小菊」のほうの段取りもうまくついた。源兵衛の息子はうわさどおり欲のないたちで、店賃はいたって安く済みそうだった。普請のほうも、大工の手間賃はこちらが出すが好きなように建ててくれ、というありがたい話だった。

昨日は岩本町の普請場を見に行った。みけはもう看板猫の顔で、布を敷いてもらった箱の中で安楽に寝ていた。

土産《みやげ》に持ってきたおかかはうまそうに食べたが、腹がくちくなると大きなあくびをしてまた寝てしまった。やはり、生まれ育った場所がいいらしい。

驚いたことに、湯屋はもうのれんを出していた。

「どうだい、やることが早《はえ》えだろう」

寅次はそう言って胸を張った。

町の衆もずいぶんとありがたがっていた。これで一日の垢《あか》を落とせるところができた。岩本町の復興はさらに進むだろう。

そのうち、「小菊」の普請が終わったら、座敷でお披露目《ひろめ》を兼ねた宴が催されることになっている。

主役になるのは、時吉とおちよだ。のどか屋が岩本町を出て行く見送りの宴を、吉太郎とおとせが開いてくれることになった。その日はもう遠くあるまい。

「あっ、来た」

おちよが駕籠を指さした。

ほどなく駕籠が止まり、中から長吉と千吉が現れた。

二

「おかあ」

そうひと声発して、千吉が歩み寄ってきた。

「おう、速えな。じいじの足じゃ追いつかねえぜ」

長吉が上機嫌で追う。

「はい、着いたね」

おちよが両手を伸ばして千吉を受け止めた。

「ご苦労だな、大工さんら」

長吉が貫禄の声をかけた。

「へい。うめえもんを差し入れてくだすったんで」

「あのおにぎりは力が出まさ」

「たらふく食わしてもらったんで、気を入れてやってます」

大工衆は口々に言った。

あぶってぱりっとさせた江戸前の海苔で巻いたおにぎりの具は、浅蜊《あさり》の佃煮と三年物の大ぶりの梅干し、それに、先日からつくっているおかかだ。

鰹節を削るとき、普請の柱を削っているつもりで、時吉は心をこめて手を動かしている。たった一個のおにぎりでも、復興の力になっていく。食べた人の力になる。

そう信じて、たくさんのおにぎりをつくってきた。

「あの子たちはどうだった？　おとっつぁん」

おちよがたずねた。

長吉の目尻に、にわかにしわがいくつも寄った。

「きれいなべべを着せてもらってよ。どちらもにこにこ笑ってやがった」

「そう……それはよかった」

おちよは胸に手をやった。

「どこのどいつが捨てやがったのか知らねえが、ま、いいところに落ち着いてよかったじゃねえか。……おっ、なんだありゃ」

長吉は空の一角を指さした。

焼け跡の上の空で動いている影があった。

「まあ、凧だわ」

おちよが声をあげた。

「たこ？」

千吉が問う。

「そうよ。だれかが焼け跡で凧揚げをしてるの」

「酔狂なやつもいるもんだ」

長吉が笑った。

「おとう、かたぐるま」

千吉がせがんだ。

「よし、乗れ」

時吉は腰をかがめた。

「あっ、何か書いてある」

目のいいおちよが気づいた。

大工衆も手を止め、空を舞う凧をながめていた。

「あれは……幸、だわ」

おちよが真っ先に読んだ。

「江戸の空に、幸か。粋なことをしやがるじゃねえか」

と、長吉。

「おう、幸が来るぜ」

「災いのあとは、幸いが来るに決まってら」

「ずっと雨が降ることはねえんだからよ」

「幸いだ」

「幸いでい」

大工衆が口々に言う。

「見えるか？　千吉」

時吉はずいぶんと重くなった息子に問うた。

「うん」

「江戸の空に、幸いが舞ってるんだ」

時吉が教えると、千吉は少し考えてから言った。

「また、江戸になるね、おとう」

相変わらず言葉は足りないが、言いたいことはよく分かった。

「ああ、江戸になるぞ」

息子のひざのあたりをぽんとたたいて、時吉は言った。

いまはまだこんな焼け野原だが、見る見るうちに江戸になる。元のにぎわいが戻ってくる。

江戸は負けず。災いが嘘だったかのような、美しい町並が戻ってくる。

やり取りを聞いていたおちよがうなずき、また凧をながめた。

幸、と書かれた凧を揺らす風は、そこはかとなくあたたかかった。

ほどなく花が咲くだろう。建て直されていくものと競うように、桜の花が美しく咲き誇るだろう。

春の盛りは、すぐそこだ。

幸《さいは》ひの風あたたかし江戸の空

おちよが一句詠んだ。

千吉が無邪気に手を振る。

それに応えるように、空の凧がふわりと揺れた。

[参考文献一覧]

志の島忠『割烹選書　冬の献立』(婦人画報社)
料理・志の島忠、撮影・佐伯義勝『野菜の料理』(小学館)
畑耕一郎『プロのためのわかりやすい日本料理』(柴田書店)
田中博敏『お通し前菜便利帳』(柴田書店)
土井勝『野菜のおかず』(家の光協会)
野崎洋光『和のおかず決定版』(世界文化社)
山田豊文『細胞から元気になる食事』(新潮文庫)
鈴木登紀子『手作り和食工房』(グラフ社)
『和幸・高橋一郎の酒のさかなと小鉢もの』(婦人画報社)
『和幸・高橋一郎の旬の魚料理』(婦人画報社)

『復元江戸情報地図』（朝日新聞社）
今井金吾校訂『定本武江年表』（ちくま学芸文庫）
『日本庶民生活史料集成　第十一巻』（三一書房）
笹間良彦『復元江戸生活図鑑』（柏書房）
北村一夫『江戸東京地名辞典　芸能・落語編』（講談社学術文庫）
菊地ひと美『江戸衣装図鑑』（東京堂出版）
山本純美『江戸の火事と火消』（河出書房新社）

時代小説

二見時代小説文庫

江戸《えど》は負《ま》けず　小料理《こりょうり》のどか屋《や》　人情帖《にんじょうちょう》12

著者　倉阪鬼一郎《くらさかきいちろう》

発行所　株式会社 二見書房
東京都千代田区三崎町二－一八－一一
電話　〇三－三五一五－二三一一［営業］
　　　〇三－三五一五－二三一三［編集］
振替　〇〇一七〇－四－二六三九

印刷　株式会社 堀内印刷所
製本　ナショナル製本協同組合

落丁・乱丁本はお取り替えいたします。
定価は、カバーに表示してあります。

 ISBN978－4－576－14159－6
http://www.futami.co.jp/

二見時代小説文庫

倉阪 鬼一郎　小料理のどか屋 人情帖1〜12
浅黄 斑　無茶の勘兵衛日月録1〜17
　八丁堀・地蔵橋留書1・2
麻倉 一矢　かぶき平八郎荒事始1・2
井川 香四郎　とっくり官兵衛酔夢剣1〜3
　蔦屋でござる1
大久保 智弘　御庭番宰領1〜7
大谷 羊太郎　変化侍柳之介1・2
沖田 正午　将棋士お香 事件帖1〜3
　陰聞き屋 十兵衛1〜5
　殿さま商売人1
風野 真知雄　大江戸定年組1〜7
喜安 幸夫　はぐれ同心 闇裁き1〜12
　見倒屋鬼助 事件控1・2
楠木 誠一郎　もぐら弦斎手控帳1〜3
小杉 健治　栄次郎江戸暦1〜12
佐々木 裕一　公家武者 松平信平1〜10
武田 櫂太郎　五城組裏三家秘帖1〜3

辻堂 魁　花川戸町自身番日記1・2
幡 大介　天下御免の信十郎1〜9
　大江戸三男事件帖1〜5
早見 俊　目安番こって牛征史郎1〜5
　居眠り同心 影御用1〜15
花家 圭太郎　口入れ屋 人道楽帖1〜3
聖 龍人　夜逃げ若殿 捕物噺1〜12
氷月 葵　公事宿 裏始末1〜4
藤井 邦夫　柳橋の弥平次捕物噺1〜5
藤 水名子　女剣士 美涼1・2
　与力・仏の重蔵1〜3
松乃 藍　つなぎの時蔵覚書1〜4
牧 秀彦　毘沙侍 降魔剣1〜4
　八丁堀 裏十手1〜7
森 真沙子　日本橋物語1〜10
　箱館奉行所始末1〜3
森 詠　忘れ草秘剣帖1〜4
　剣客相談人1〜12